SAUF

DU MÊME AUTEUR

Les Ronds dans l'eau, Fleuve Éditions, 2011 ; Pocket, 2014
Le Deuxième Homme, Fleuve Éditions, 2012 ; Pocket, 2016
J'attraperai ta mort, Pocket, 2012
Imagine le reste, Fleuve Éditions, 2014 ; Pocket, 2015
Ce qu'il nous faut, c'est un mort, Fleuve Éditions, 2016 ; Pocket, 2017

HERVÉ COMMÈRE

SAUF

fleuvenoir

ISBN : 978-2-265-11776-1
Dépôt légal : mars 2018

Pour Doris Cool et Paul le Conquérant
Et pour Chloé, mon Anna

1

J'avais 6 ans quand c'est arrivé. J'étais en colonie de vacances en Savoie. C'est mon premier souvenir, tout ce qui précède est flou, et se déroule dans un manoir surplombant la mer en Bretagne. C'est là que j'ai grandi, faisant du vélo au bord de la falaise sous l'œil d'une mère américaine et vagabonde, et celui d'un père artiste peintre. J'ignore si ces images sont réelles ou le fruit de mon imagination, je ne le saurai sans doute jamais car voilà où tout commence : lors de ce camp de vacances dans les Alpes, où je vois les gendarmes arriver un matin. Ils ne sont pas seuls. Ma tante est avec eux. Elle a une tête que je ne lui connais pas. Tandis que tous les enfants prennent ensemble le petit déjeuner dans le réfectoire de l'école dont les salles de classe sont transformées en dortoirs durant l'été, les gendarmes parlent dehors à la directrice, qui tourne le visage vers l'intérieur. Elle me cherche. Moi, j'adresse de grands gestes du bras à ma tante sans rien comprendre à sa présence ici. Elle me fixe à travers la vitre, pleure sans bouger. On me fait sortir. Au milieu de la cour, ma tante me prend contre elle. Elle sèche ses larmes et me parle, je crie en me débattant, elle me serre et me fait presque mal.

Mes deux parents sont morts dans la nuit du 6 au 7 août 1976. Un incendie a intégralement ravagé le manoir que nous habitions, eux le couple bohème et moi leur petit sauvage. Dans la cour, la sœur de mon père tentait de maîtriser ma hargne et mon effroi. Je hurlais vers le ciel en avalant mes larmes. Il me reste de ma mère quatre photos de nous deux, prises dans un Photomaton de l'époque, que je conserve dans mon portefeuille. Les clichés sont différents, quoique très proches. Je suis sur ses genoux, elle est blonde avec des cheveux longs et raides, elle a un visage anguleux, quelque chose d'animal sur ses traits. Nous avons fait ces photos la veille de mon départ pour Albertville. Nous avons l'air heureux. Avant de les glisser dans ma petite valise, elle avait griffonné « *Love U* » au dos. De mon père, il ne me reste rien, sinon d'infimes souvenirs et une flagrante ressemblance. Ils étaient jeunes, 30 ans à peine. Les flammes ont tout emporté. On a parlé d'un court-circuit, c'est fréquent dans ces vieilles bâtisses. On a évoqué la canicule de cet été-là, ainsi que la trajectoire de Gilbert Assoul, tueur ayant écumé la Bretagne durant cette période, mais il a toujours nié. On a surtout dit que mes parents goûtaient à diverses drogues et que le drame découlait probablement de là. Le rapport officiel ne privilégie pas cette piste, mais évoque un accident, quelle qu'en soit l'origine. De l'accident en question n'ont subsisté que les murs de pierre. Le reste, la toiture, les fenêtres et les sols, les objets, les toiles de mon père, mes peluches et la vie de mes parents, tout s'est éparpillé parmi les étoiles du Finistère.

Ne reste de cette enfance que la sœur de mon père, qui me serrait ce matin-là contre elle, mes larmes coulant dans son cou. Mon oncle était mécanicien pétrolier, effectuait de longues missions, la plupart du temps en Afrique et en mer du Nord. À ce moment-là, il était au Congo pour trois mois encore. Pour ne pas l'inquiéter, lui qui était déjà seul et si loin des siens, ma tante a préféré le tenir à l'écart du drame qui s'était joué. Il n'en a eu connaissance qu'à son retour et m'a pris contre lui, avec brutalité, tellement tout ça était moche, absurde et trop tard.

Raymond vit encore, tout comme ma tante. Ils m'ont accueilli chez eux, m'ont aimé, soutenu, ça continue. Surtout, ni ma tante ni Raymond n'ont jamais tenté de se substituer à mes parents ou de me les faire oublier. Eux qui n'avaient pas voulu d'enfants m'ont élevé sans jamais faillir, sans jamais excuser non plus la violence que je sentais grandir en moi. Si je ne suis pas devenu fou, c'est grâce à eux, et ce au nom d'un principe simple : dans la vie, on fait comme on peut et comme on veut, le principal étant de ne nuire à personne. Alors puisqu'on fait comme on peut et comme on veut, tout est possible. Il est, par exemple, autorisé d'arriver à l'école habillé en Superman, à condition de se changer avant d'entrer en classe. Il est permis de faire de la danse le mercredi après-midi, seul petit gars parmi les filles, puis de la boxe, à condition d'avoir troqué le justaucorps rose pâle contre les gants. Il est permis de peindre à même le mur de sa chambre, à condition de tout recouvrir de blanc chaque premier jour des vacances. Il est permis, surtout, de pleurer en public et de trouver la vie dure puis, après quelques sanglots, de trouver la vie belle et d'en rire malgré tout. Voilà auprès de qui j'ai eu la chance de grandir en dépit du virage qu'avait pris ma vie si tôt. Il y avait l'orage qui grondait en moi, qui explosait parfois, que j'ai mis tant de temps à dompter. Il est toujours là, je le sens parfois qui rôde, mais je le connais. Je sais faire avec, me replier plutôt qu'exploser. J'ai appris à me taire, à serrer les dents.

C'est ce que je fais en ce moment même, je serre les dents. Je tremble. Je vais me battre ou plonger, on verra. Je ne comprends rien à ce que j'ai sous les yeux, que je touche en ayant peur d'y laisser ma main. Mais ma main, ce n'est rien. Je vais y laisser bien plus.

2

Je manque d'air à chaque nouvelle page, mon regard se fige, les larmes et la rage me guettent, tout se brouille. Je fixe les photos les unes après les autres et je n'en reviens pas. J'avais 6 ans quand ils sont morts, j'en ai 48 aujourd'hui. Quarante-deux ans que je n'ai pas vu ces yeux, ces deux bouches, ces cheveux un peu longs que j'avais oubliés.

Quand je reviens de quelques heures ou jours d'absence, je ne peux m'empêcher de faire le tour de l'entrepôt, d'en respirer les odeurs, le cuir d'un sous-main, des bottes de cheval, la graisse d'un Solex, la cire d'une armoire ou d'une encoignure, le papier, des livres jaunis, de vieux *Paris Match*, et puis de l'argenterie – nous prenons tout. Au plafond, un spectaculaire lustre en cristal étincelle. Celui-là n'est pas à vendre. Je marche dans l'allée centrale vers le comptoir en merisier, que je contourne. Là se trouve le registre où sont consignés tous les objets en stock, ainsi que le journal des ventes. Je le parcours brièvement, et j'enclenche la musique. Du tango jaillit des enceintes, et je m'avance vers ce qui m'attire le plus ici : les rayonnages sur lesquels se trouve ce que Mylène et Gary ont pris en dépôt.

Depuis plusieurs minutes, j'ai l'impression d'être dans un bain glacé, incapable du moindre mouvement. Je n'entends que le bruit du vent soufflant sur la falaise. On la voit sur la moitié des clichés, surplombant une mer que l'on devine froide. Dans le ciel tournoient toutes les nuances de gris. Et il y a le manoir au centre, un château à toit plat, une tour à chaque angle. Il était là pour toujours. Même les fenêtres, aux très petits carreaux, donnaient l'impression de pouvoir résister à tout. C'est là que j'ai grandi, intrépide, c'est là qu'on a commencé à m'appeler Mat, pour Mathieu, bien sûr, mais surtout pour *Matelot*, celui que je deviendrais un jour avant que tout ne change. Je ne sais pas si on peut me reconnaître. Sur le premier cliché, je suis dans les bras de mon père. Les mêmes cheveux bruns très épais, les mêmes yeux bleus, la peau mate. Il ne sourit jamais. Ma mère, on ne la voit pas. C'est elle la photographe, on l'aperçoit sur une des images. Nous sommes tous les trois face à un miroir vénitien. Elle tient l'appareil contre son ventre.

C'est un vieil album à la couverture de velours qui sent je ne sais quelle fleur, peut-être le jasmin, ou bien est-ce une plante, je ne sais pas. Toutes les photos en intérieur comportent un numéro griffonné dans la marge, suivi du nom d'une pièce, *kitchen*, *bedroom*, *lounge*… C'est l'écriture de ma mère. J'ai sorti de mon portefeuille les quatre clichés de nous deux. Son « *Love U* » me suffit pour reconnaître le « v » de *living*, le « o » de *corridor*. L'album a été pris en dépôt par Gary, c'est marqué sur le registre. Je l'appelle mais il ne répond pas, je recommence, sans succès. Ce qui nous lie plus que tout, mes deux employés et moi, c'est notre amour pour les histoires. Moi, je m'en raconte depuis toujours, en tout cas depuis mes 6 ans. C'est de là que viennent mes élucubrations, elles sont un rempart contre ma propre folie.

Gary, lui, c'est différent : il aime les histoires car il adore mentir. La première fois que je l'ai rencontré, il avait à peine 20 ans. Il scintillait dans un survêtement blanc nacré, une grosse chaîne en or autour du cou, des lunettes noires qui lui faisaient des yeux de mouche, portant une contrebasse plus haute que lui, qu'il avait la ferme intention de me fourguer contre une fortune. Gary est un Gitan d'un mètre soixante qui ne doute de rien, surtout pas de son pouvoir de persuasion, ni de la crédulité de ses interlocuteurs. Il vendrait tout et à n'importe qui. J'ai acheté sa contrebasse. Quand il est revenu quelques semaines plus tard avec un cartonnier en acajou, je lui ai proposé de travailler pour moi.

Mylène est proche de la retraite. Elle a exercé tous les métiers et, sous ses airs de timide gouvernante en fin de carrière, elle est celle de nous trois qui est la plus solide, la moins influençable. Son CV comporte quelques zones d'ombre que j'ai fait mine de ne pas remarquer quand je l'ai embauchée. Je ne désespère pas de la faire parler un jour. Je me demande ce qu'elle cache. Toutes les histoires sont permises. Elle vient d'un milieu riche, cela se sent d'emblée. Elle habite en plein cœur de Paris, et non en lointaine banlieue. Je sais surtout qu'elle avait besoin de ce travail puisqu'elle s'est présentée et qu'elle le fait très bien.

Dans ce dépôt-vente, à nous trois, nous avons entendu toutes les anecdotes du monde, des plus sordides aux plus poétiques, en passant par les plus extravagantes. Nous pensons parfois avoir tout vu. Ce soir, nous avons tort. La vérité n'est pas forcément celle qu'on nous raconte, la preuve est sous mes yeux. Cette fois, l'histoire en jeu, c'est la mienne : tout n'a pas brûlé dans l'incendie du manoir où mes parents sont morts.

3

Anna a le don de plonger dans mon regard et de comprendre. Anna est ce qui m'est arrivé de mieux. Elle a 42 ans, et elle est la personne la plus libre que je connaisse. Elle avance dans la vie comme si elle visitait un jardin. Rien ne l'empêche d'aller là où elle le souhaite, aucun orgueil ne lui interdit non plus de modifier sa trajectoire en cours de route. Anna est curieuse et ne craint pas de se tromper. Au fond, et je crois que tout est là, elle a confiance en la vie.

Cela fait plus de dix ans que nous partageons nos existences, après n'avoir vécu que des relations sans lendemain pour ma part, et un mariage de son côté. Il reste de cette précédente union une petite fille qui se transforme chaque jour davantage en jeune femme et passe la moitié du mois chez nous, et un ancien mari devenu au fil du temps une sorte d'ami lointain, chez qui sa fille séjourne les quinze autres jours. Il enseigne le dessin dans le lycée où Anna est professeur d'anglais. Lui est une sorte de longue tige voûtée s'excusant d'être là, elle est une petite brune aux formes rebondies qui a conscience de l'effet qu'elle peut faire aux hommes sans jamais en user, si ce n'est avec moi. Je me demande souvent pourquoi ces deux-là se sont jadis unis. J'espère ne jamais me demander pourquoi ils se sont séparés.

Quand je rentre, je ne tiens pas en place. Anna me demande ce qu'il y a, ses yeux s'allument. Je m'avance vers elle, qui coupe des tomates au-dessus d'un saladier, et j'ouvre sous ses yeux l'album que je tenais serré contre moi jusqu'alors. Elle s'arrête, fixe mon père.

— Incroyable, murmure-t-elle. C'est qui ?

Elle est curieuse, comme toujours. Moi, je dois être très pâle. On se sert un verre de vin et on passe la soirée à examiner les photos une à une. Elle s'amuse de l'effarante ressemblance entre mon père et moi, et qualifie la beauté de ma mère d'animale. Elle avait déjà employé ce mot quand je lui avais montré le Photomaton, au début de notre relation. Sur plusieurs images, on voit le manoir avant que tout ne flambe. Cela devait faire une trentaine de mètres en façade, sur la moitié en profondeur. Il y avait un étage. La pierre et l'absence de toiture donnaient à l'ensemble une impression de robustesse inébranlable. On devine le vent souffler sur certains des clichés, on croirait presque l'entendre. L'herbe est couchée. Au centre, rien ne bouge : le manoir est posé là pour toujours. Derrière lui se trouve la falaise qui tombe à pic dans la mer. Toutes les photos sont l'œuvre de ma mère qu'on aperçoit dans le reflet des miroirs, tenant l'appareil entre ses mains. J'ai aujourd'hui vingt ans de plus que mon père sur ces clichés. Sur nombre d'entre eux, j'apparais seul. J'ai souvent les cheveux en bataille ou de la terre sur le visage et les mains, je parais vigoureux. Les autres photos montrent l'intérieur de la maison en désordre. On distingue des armoires aux portes entrouvertes d'où dépasse du linge entassé, un buffet deux corps à l'intérieur duquel une montagne de vaisselle menace de s'écrouler. Au premier, une monumentale crédence retient mon attention. C'est un massif buffet du Moyen Âge, aux portes épaisses et sculptées comme de la dentelle. On découvre le papier peint psychédélique contrastant avec les moulures du plafond, un vélo dans la cuisine, un perroquet perché sur le rebord d'un lit, un train électrique occupant une pièce entière. Un capharnaüm dont je n'ai que de maigres souvenirs. Une seule photo a été prise ailleurs, la dernière, qui n'a rien à voir avec le reste. C'est un parking. On y voit quelques voitures de l'époque, un taxi, le ciel bleu. Les pages suivantes sont vides.

Au fil de la soirée, l'enthousiasme d'Anna me gagne. Moi qui étais arrivé hors d'haleine, je me laisse aller à contempler ces clichés comme des curiosités. On boit toute la bouteille. On se couche presque apaisés. Mais une fois la lumière éteinte, la question ressurgit, et je demande tout bas d'où cet album peut bien sortir. Anna ne répond pas. C'est rare. Elle laisse passer un silence et rallume. Je me tourne vers elle, qui se redresse dans le lit.

— Tu sais qui a apporté ça en dépôt ?

— Oui, une femme. Elle s'appelle Catherine Dourdan. J'ai cherché sur Internet, mais je n'ai rien trouvé.

Anna me dit souvent que j'ai de l'imagination. Ce soir, elle en a peut-être plus que moi, vu son air songeur et pénétré.

— Tu penses à quoi ? je demande.

— Je pense que l'album n'est pas arrivé dans *ton* dépôt-vente par hasard. Je pense que la personne qui l'a déposé savait ce qu'elle faisait. Tu ne crois pas ?

4

Anna avait raison.

Ce matin, devant la porte éventrée de mon entrepôt, je le vérifie. Nous avons passé la nuit à parler, à échafauder de multiples scénarios. Nous n'avons presque pas dormi.

Je tiens l'album contre mon ventre, sous mon pull. Je veux sentir le velours de sa couverture sur ma peau.

Tandis qu'Anna et moi scrutions les photos en détail, une équipe pénétrait dans l'entrepôt par l'arrière après avoir découpé au chalumeau le blindage de la porte. Un travail de perceur de coffre pour un butin potentiel dérisoire.

Les flics m'observent.

— Vous êtes certain qu'on ne vous a rien volé ?

Je tiens le registre devant moi, que j'inspecte ligne à ligne.

— Oui.

À côté, Gary compte le fonds de caisse pour se donner une contenance. Gary manque d'air quand la police approche. Il est un des rares membres de sa famille à ne pas avoir fait de prison ; même sa mère y a passé quelques mois. Dans son costume impeccable tombé de je ne sais quel camion, il veut se rendre le plus respectable possible. Mylène se tient en retrait, propose du thé aux enquêteurs qui refusent. Elle est stoïque.

— Je pense qu'ils cherchaient ça.

Je sors l'album de sous mon pull.

Ils s'approchent en fronçant les sourcils, tout comme Mylène et Gary. Nous nous retrouvons en demi-cercle penchés sur la première photo : l'image d'une famille heureuse dans le miroir. Nous tournons les pages, j'explique ce que je connais de mon enfance ; la colonie, l'incendie, puis le reste. Au terme de mon exposé, Mylène et Gary me regardent chacun à leur manière. J'aurais pu inventer cette histoire à propos d'un objet pour un client, ils m'auraient applaudi en silence. Là, c'est différent. On dirait qu'ils me comprennent soudain. Quant aux flics, ils sont perplexes.

— Écoutez, annonce l'un d'eux, comme une évidence. Il y a un moyen simple de savoir s'ils cherchaient ça ou bien si c'est juste une coïncidence. Très simple.

Je pressens ce qu'il va me dire et j'en frissonne.

— Les gars qui sont venus ici sont des pros. Ils sont bien organisés, et n'ont pas peur de grand-chose, on dirait. Ils savent forcément où vous habitez.

Il est satisfait. Moi, je vois se dessiner les contours du carnage.

— En ce moment même, ils sont en train de fouiller votre maison.

5

Nous n'avons pas le droit d'ouvrir le dépôt-vente tant que le scientifique dépêché sur place n'a pas fini son office.

Mylène a déplié l'immense escabeau sous l'œil incrédule des policiers. Depuis, elle est là-haut et époussette le lustre comme une funambule. On dirait un vieil ange. Gary s'est muni de la chamoisine et fait briller l'argenterie dans la vitrine sous clé.

Moi, je marche au hasard, détaille le placage d'une commode, la greffe au pied d'un confiturier, je tourne en rond. Je voudrais foncer chez moi, mais les policiers me l'ont interdit. Je fais le tour de ma moto. Cette Triumph de 1966, je la connais par cœur. Depuis vingt-cinq ans que je la possède, j'en ai démonté chaque pièce. Je me penche sur les pneus, évalue leur usure, me redresse, j'ai déjà oublié ce pour quoi je me suis baissé. Je voudrais appeler Anna. C'est inutile, elle ne consultera pas ses messages avant 13 heures. Pour le moment, elle donne ses cours sans rien savoir de ce qui se déroule. Je fais de mon mieux pour garder mon sang-froid. Je tente de récapituler, d'évaluer les suites possibles. Impossible que le cambriolage de l'entrepôt soit une coïncidence. Impossible même qu'on ait voulu me cambrioler. Cela a pourtant eu lieu. Mais pas des gars d'ici, je les connais tous. Montreuil est un vivier de magouilleurs. Il y a les vieux ferrailleurs, les Gitans, les Maliens, les Arabes, les artistes de tout poil, les retraités rescapés d'une autre époque, les Portugais, et puis tous les petits jeunes qui n'ont pas envie de s'en faire et ont l'impression d'être au calme, à trois cents mètres de Paris. Je côtoie tout le monde et je suis certain qu'aucun d'eux ne viendrait nous cambrioler, et ce pour une raison simple : hormis le lustre en cristal qu'on ne peut pas descendre sans grue, rien n'a suffisamment de valeur pour qu'on découpe ainsi la porte.

À la maison, c'est autre chose. Rien n'a de valeur non plus, si ce n'est sentimentale, mais on ne peut pas le savoir avant d'y être entré. Toutes les maisons de l'île ont été cambriolées au moins une fois. L'île Sainte-Catherine se situe sur la Marne, à quelques minutes du métro, donc aux portes de Paris, et aucun immeuble n'y est construit. Il n'y a que des maisons, de toutes les architectures possibles, pour la plupart cossues. Toutes, hormis la mienne et deux ou trois autres, sont habitées par des gens fortunés. Cette maison, je l'ai refaite de la cave au grenier il y a vingt ans avec mon oncle. On vient parfois me demander si je suis vendeur. Si nous la cédions, Anna et moi aurions peut-être de quoi vivre jusqu'à la fin de nos jours sur un petit bateau. L'idée nous amuse, mais je ne veux pas m'en séparer. Anna non plus. C'est notre refuge. Pas un hasard qu'elle soit sur une île. Et le petit bateau, nous l'avons déjà : un vieux hors-bord verdi par la Marne, amarré sur l'eau, au fond du jardin. Je le vois depuis la salle de bains à l'étage. Avoir vue sur mon bateau, tout piteux qu'il est, quand je suis à poil et sous la douche, voilà ce que j'appelle le luxe.

Quand le flic a lancé tout à l'heure que les gars étaient peut-être en train de nous cambrioler, ça m'a glacé le sang d'un coup. J'ai voulu foncer là-bas, mais il m'a retenu et a appelé ses collègues de Créteil afin qu'ils s'y rendent sur-le-champ.

Depuis, on attend, ça fait presque deux heures. Qu'est-ce qu'ils foutent ? Je me mords l'intérieur des joues. Ce flic a vu juste, les minutes passent, et j'en suis persuadé : les gars sont chez moi. Avec un peu de chance, la police va les intercepter, et on saura ce soir ce que voulaient les cambrioleurs. J'entrevois la violence de leur arrestation, de possibles coups de feu, cela m'effraie, pas là-bas, pas chez nous. Je frémis en les imaginant retourner les armoires, la bibliothèque, je sens la brutalité poindre et je respire à fond pour ne pas y céder. Le téléphone du policier sonne.

Il décroche. Je me précipite vers lui, il tend la main pour faire barrage. Il écoute, baisse les yeux et soudain les écarquille. Il se tourne vers moi, il est épouvanté :

— Votre maison est en feu, lâche-t-il.

6

Je veux me ruer dehors mais on m'en empêche. Trois officiers me ceinturent tant je suis en furie. Ils font bien. Ma maison, notre tanière, dévorée par les flammes. Gary propose de m'y conduire, je suis trop choqué. J'accepte. Les policiers me demandent de leur confier l'album photo, qui semble être à la source de deux affaires en quelques heures à peine. Avant que je le leur remette, Mylène demande à le consulter de nouveau. Elle se rend directement à la dernière image et se penche dessus, appliquée. Elle la scrute, acquiesce en silence et se redresse. Sans un mot, elle retourne à ses poussières.

Gary démarre sa voiture, je monte à ses côtés et on fonce à Créteil.

On voit la fumée de loin, au-dessus des arbres qui commencent à fleurir. À mesure qu'on approche, le son des sirènes grossit dans nos oreilles malgré le bruit du moteur. On emprunte le pont menant à l'île et je vois nettement le tourbillon noir qui s'échappe de chez nous. Je me cramponne au tableau de bord. Gary ralentit, trois flics nous barrent la route.

— C'est chez moi, je crie en ouvrant la portière, c'est chez moi !

Je pose le pied par terre, je m'apprête à répéter mais l'un des agents me somme de me calmer. Les deux autres, fusil en main, sont prêts à tirer. Gary coupe d'instinct le contact et met les bras en l'air. Moi, je marche vers la rambarde. Je m'y appuie. Un nuage noir et informe va et vient dans le ciel. Dans mon dos, un des policiers parle dans un talkie-walkie. Il annonce qu'un homme en état de choc et se présentant comme le propriétaire des lieux se trouve au milieu du pont. Un autre s'adresse à Gary, lui réclame ses papiers, ceux de la voiture, son permis. Il n'a rien de tout cela sur lui, moi non plus, et quand je me retourne pour demander ce qui se passe et pourquoi tant de mystères et de soupçons sur nous, le flic au talkie m'ordonne de me taire.

— Mes collègues sont prévenus. Deux d'entre eux viennent vous chercher pour vous escorter jusqu'en bas.

Et comme je vais parler, il ajoute plus fermement et en détachant chaque syllabe :

— Pour vous protéger, monsieur, d'accord ? Pour vous protéger.

Les pompiers sont à pied d'œuvre, quatre gros camions en travers du chemin. Dans les maisons alentour, les quelques habitants présents sont à leurs fenêtres ou sur le pas de leur porte, qui me voient marchant vers chez moi entre deux policiers. Je les écoute, hypnotisé par ce que je distingue au loin. Le voisin d'en face a vu deux hommes faire le tour de ma maison en l'inspectant. Il a d'abord cru qu'il s'agissait d'artisans et a poursuivi la lecture de son journal. Quelques minutes plus tard, il a entendu comme un craquement, puis un autre, et a de nouveau scruté mon jardin. Il n'y avait plus personne. Les gars étaient entrés chez moi, et retournaient les meubles, les étagères, tout y passait, il les a vus à travers la baie vitrée. Il a appelé les flics, recroquevillé sous sa fenêtre.

— On est arrivés quelques minutes après en bloquant les issues de l'île. Ils ne pouvaient pas nous échapper.

Et les deux types en question l'ont bien compris. Ils ont vu les gyrophares, ont su qu'ils étaient cuits, ils ont tout enflammé. Et ont détalé vers le fond du jardin, vers la Marne, où était amarré mon vieux hors-bord. Ils l'ont démarré et ont disparu dans un sillage de terreur et de haine.

Bien que les pompiers aient maîtrisé l'incendie, ils ne m'autorisent pas à pénétrer chez moi, c'est trop dangereux. La maison n'a plus de fenêtres. Par les ouvertures béantes s'échappe une odeur de cendre, de chaud et d'humidité. L'herbe du jardin a roussi le long des murs. La toiture s'est assouplie, elle est gondolée. Selon un des pompiers, tout a dû s'embraser très vite, à croire que de l'essence a été dispersée, ou autre chose. Je voudrais parler à Anna. Je pense à Laurie, à sa chambre, avec tous ses cahiers, ses habits, ses livres, son univers quinze jours par mois. Je pense au manoir de mon enfance, aux flammes qui me poursuivent. Je me retourne et vois Gary, toujours sur le pont. Il a les mains posées sur la rambarde, le visage tourné vers moi. Je suis certain qu'il est blême et m'envoie son soutien. Je me demande où Anna et moi allons dormir ce soir et dans les mois à venir, je me demande qui sont ces types, pourquoi tout ça, pourquoi mes maisons brûlent une à une.

— On va les retrouver très vite, me rassure le flic. La Brigade fluviale est sur le coup. Rien ne leur échappe.

7

Il a fallu tout répéter à l'infini, assis dans un des bureaux du commissariat de Créteil. Mylène et Gary étaient entendus dans des pièces voisines.

— Vos témoignages concordent, m'a dit un flic dans l'après-midi.

Évidemment que tout concordait, qu'est-ce que ça voulait dire ? J'étais assis sur une chaise face à trois flics et je redoutais la suite. Des types forçaient ma porte et mettaient le feu chez moi, tandis que d'autres, ou bien les mêmes, me foutaient sous les yeux des photos vieilles de quarante-deux ans. Que me veut-on ?

La police a épluché le registre du dépôt-vente pour dresser l'inventaire de ce qu'on nous a volé. Rien. L'unique piste dont ils disposent est la personne ayant apporté l'album photo. C'est Gary qui l'a reçue. Mylène l'a vue passer. Une femme. Une maman, d'après Gary. Selon Mylène : la quarantaine, vêtue avec raffinement, et n'ayant pas l'intention de rester longtemps. Elle est entrée, s'est dirigée sans hésiter vers le comptoir. Elle portait un sac, qu'elle a ouvert devant Gary sans parler. Ensuite, elle a sorti l'objet qu'elle a posé sous les yeux du Gitan, ainsi qu'un blouson en toile d'excellente qualité, qu'elle a déplié. Gary l'a palpé, sans montrer qu'il le trouvait très à son goût. Qu'une femme visiblement aisée se déplace jusque-là pour mettre en dépôt deux objets seulement ne lui a pas paru étrange. On voit de tout. Des nantis et des miséreux, des incultes et des connaisseurs, des amateurs et des tarés, parfois des voleurs, bien sûr, même si on essaie de ne pas travailler avec. On les repère. Surtout Gary. Il les reconnaît dès qu'ils entrent. Là, Gary ne s'est pas méfié. Il a vu cette femme élégante qui le toisait, l'album et le blouson posés entre eux, et cela lui a suffi. Il s'apprêtait à la prévenir que ça n'allait pas se vendre cher quand la dame a ouvert la bouche, dévoilant une dentition blanche et parfaite. Gary-le-Gitan détaille toujours les dents des gens qui lui parlent.

— J'ai lu vos conditions de vente affichées à l'entrée, a-t-elle dit. Je ne souhaite pas faire un dépôt, je ne veux pas revenir.

Quand un client met ses objets en dépôt, il en fixe lui-même le prix. Nous baissons ensuite de dix pour cent chaque semaine. Mais il arrive que le client ait besoin d'argent tout de suite, ou juste envie de ne plus s'occuper de ces vieilleries. Il est alors possible que nous achetions comptant la marchandise. C'est le cas de figure que Gary préfère.

— Vous voulez vendre ça maintenant, on est d'accord ? a-t-il demandé.

— Votre prix sera le mien.

— Cinq euros.

— Très bien.

Gary a sorti un billet de la caisse et l'a tendu à la dame en masquant sa joie, celle qu'il éprouve à coup sûr quand il vient de faire une affaire. Elle l'a pris sans émotion, l'a glissé dans son sac, elle allait partir comme ça. L'échange n'avait duré qu'une minute. Mais Gary a respecté les règles du métier en lui demandant ses papiers ; au passage il allait connaître son âge. Elle n'a pas paru surprise et lui a tendu une carte d'identité qu'elle tenait prête dans la poche de son grand manteau. Catherine Martine Isabelle Dourdan, née à Lyon le 16 février 1971, il a noté tout cela dans le registre, ainsi que le numéro du document.

La carte d'identité était fausse. Gary s'en veut, ne comprend pas. Lui, dont un cousin fabrique des passeports plus vrais que nature, s'est fait berner comme un débutant. La femme est partie. Ne restent de son passage qu'un blouson en toile que des experts analysent, un entrepôt à la porte éventrée, une maison en ruine, mes yeux pleins de larmes, des flics médusés et ce portrait-robot, sur lequel nous nous penchons ensemble dans le bureau de l'inspecteur. Gary a mis du temps mais est sûr de lui. Mylène approuve. Elle doit avoir la quarantaine, peut-être un peu plus. Plutôt mince, on dirait. Les cheveux châtains coupés au carré, les yeux clairs. Peut-être jolie, en tout cas distinguée. Je fouille dans tous les recoins de ma tête et n'y découvre rien, j'ignore qui elle est, ce qu'elle veut, d'où elle sort. Nous sommes face à un grand vide, et voici son visage. Je me demande quelle tête elle avait quand elle était enfant. Je sors mon téléphone de ma poche pour la prendre en photo, je me concentre, j'ajuste le cadre et l'interroge :

— Tu es qui ? dis-je tout bas en la fixant. Tu veux quoi ?

8

Je ne vais pas souvent chercher Anna à la sortie de son lycée, mais tout le monde me connaît là-bas. Les élèves savent que la prof d'anglais vit avec un grand brun qui porte des bottes de cuir, des jeans élimés, et chevauche une vieille Triumph qui sent l'essence. On lui demande parfois si je suis américain, elle répond que je suis brocanteur, et poursuit ses cours. Un jour qu'elle était en jupe, j'ai vu des gars écarquiller les yeux quand elle a grimpé sur la selle. J'ai accéléré un peu plus fort que d'habitude au démarrage, elle s'est agrippée, une sorte de démonstration de virilité dont je ne suis pas spécialement fier mais enfin c'est comme ça.

Les lycéens s'éparpillent, certains partent à vélo, d'autres à pied. On est au printemps, les grandes vacances approchent, ça rit beaucoup, ça crie. Quand Anna m'aperçoit, elle me sourit. Je suis tendu des pieds à la tête, aux aguets. Peut-être s'en rend-elle compte malgré la distance, elle presse le pas, elle est bientôt devant moi, m'embrasse, et comprend à mon silence qu'il est arrivé quelque chose. Je la prends dans mes bras, ça déborde aussitôt. L'inquiétude la gagne.

— Qu'est-ce qu'il y a, Mat ? Qu'est-ce qui s'est passé ?

Les lycéens autour n'en perdent pas une miette.

— On s'en va, murmure-t-elle. Je vais conduire. Tu me parleras plus tard.

Je la laisse enfourcher la moto. Avant de mettre le casque que je lui ai apporté, elle me dit :

— Je sens qu'on va me parler de ce moment très *très* longtemps.

En effet, tout le monde la regarde. Elle est en train d'en impressionner plus d'un. Je monte à l'arrière et me blottis contre elle. Avant qu'elle démarre, je lui annonce qu'on dort à l'hôtel ce soir. J'ai réservé une chambre sur l'île Saint-Louis. Je lui expliquerai pourquoi tout à l'heure.

— Fonce.

Et puisqu'elle fait vrombir le moteur, ses yeux croisant les miens dans le rétroviseur, j'ajoute, en le regrettant aussitôt :

— On veut peut-être nous tuer.

Notre vie a viré au chaos. Avant-hier, nous étions un couple parmi d'autres et nous avions une vie douce. En quelques heures, et pour la deuxième fois depuis ma naissance, tout a basculé. Une inconnue peut surgir et labourer ton existence. Des types peuvent découper au chalumeau la porte blindée de ton outil de travail. Le lendemain soir, tu peux être contraint d'embaucher la famille d'un de tes employés pour monter la garde devant l'entrepôt. Gary et ses cousins sont sur le pied de guerre. Selon les termes qu'il emploie dans son dernier SMS, *la zone est sécurisée*. Il ajoute un *bonne nuit patron* qui me touche. Je crois que je ne dormirai pas. Mylène m'a proposé son aide, elle est venue me voir à l'insu des flics cet après-midi :

— Vous pouvez dormir chez moi, si vous le souhaitez.

Elle parlait en baissant les yeux, je crois que c'était pour ne pas me gêner. Mylène connaît des règles de politesse que le monde entier a oubliées.

— Vous pouvez venir avec votre femme et sa fille, cela ne pose pas de problème. Quand vous le désirez, et pour le temps qu'il faudra.

Elle n'a pas attendu de réponse et s'est effacée.

Nous irons chez elle demain, nous n'avons pas le choix. C'est trop petit chez les parents d'Anna. Quant à mon oncle et ma tante, ils sont en Égypte pour encore douze jours. Je ne les ai pas appelés, je ne veux pas gâcher leur croisière. Je veux surtout les mêler à cela le moins possible.

Les types sont déterminés et capables du pire. Mais on est vivants, Laurie aussi, qui dort chez son père. Nous sommes bel et bien là, rescapés, dans un hôtel donnant sur la Seine. J'ai choisi l'île Saint-Louis, cela m'a paru le seul asile possible. Nous ne pourrons pas rester, bien sûr, pour des raisons financières avant tout. Nous avons fait livrer des sushis à la réception, que je suis descendu prendre. Je ne voulais donner le numéro de notre chambre à personne. Nous les mangeons assis en tailleur sur le lit. Nous répétons ce que nous savons, ce que nous supposons et projetons. Quand j'ai dit à Anna pour la maison, elle s'est effondrée, elle a voulu s'y rendre tout de suite, mais nous sommes finalement restés là. Nous sommes à l'abri, la porte fermée à double tour. Nous irons demain constater les dégâts, l'étendue du désastre. Je crois qu'il ne reste rien. Cela signifie que nos vêtements, nos disques, nos tableaux, nos tapis, les affiches qui décoraient les murs, le fauteuil en rotin dans lequel elle lisait, et puis les bibelots, ce baromètre qu'elle m'avait offert, et nos livres, nos souvenirs à l'un et à l'autre, toutes les preuves de notre existence, tout a disparu. Nous sommes nus. Nous sommes dans une chambre d'hôtel, et tout ce que nous possédons se trouve sous nos yeux, sur une chaise, ainsi que la moto, dans le garage au sous-sol. Le reste s'est envolé. Nous sommes sonnés. Nous avons choisi de ne pas avertir Laurie aussitôt, le temps de trouver quoi lui dire. J'ai ressorti mon téléphone et montré à Anna le portrait-robot de la dame à l'album. Elle ne m'évoque toujours rien, à Anna non plus. Nous avons vue sur le pont de la Tournelle, sur les péniches au ralenti, sur les toits de Paris. Malgré les heures terribles que je viens de vivre, je ne peux m'empêcher de me demander ce qu'il y a derrière ces milliers de fenêtres et sous ces toits en zinc. J'aime cette ville, elle me fascine, je crois que ça ne changera jamais. Quand je la traverse, j'ai l'impression d'être au centre du monde. Je l'aime d'autant plus que je m'y sens étranger. Je sais que je ne suis pas d'ici. Personne n'est d'ici, hormis quelques familles. Les autres viennent des quatre coins du monde et sont libres de rester, de vivre comme ils le veulent. On parle de Paris en mal, on montre du doigt l'anonymat, et la vitesse, souvent le bruit. Tout cela est faux. L'anonymat n'est que le synonyme parisien de la liberté qui s'offre à qui la veut. Tout comme la vitesse et le bruit. On peut prendre son temps et arpenter les petites rues. On peut vivre à sa guise. Ici, on a le choix. Je ne sais pas combien de fois j'ai tenu ce genre de discours à Anna, qui m'écoute toujours, bien qu'elle connaisse ma rengaine. Elle est née dans cette ville, et peu lui importe d'être d'ici ou d'ailleurs. Elle est chez elle partout. Moi, je serai en transit où que j'aille. Ça ne me dérange pas. Peut-être même que j'aime ça.

— Ça tombe bien, on n'a plus de maison.

Je me penche vers elle. Elle a sa tête de frondeuse, l'œil pétillant. Anna est capable de ça, de faire les pires blagues au pire moment, de casser mes envolées en une phrase comme une claque. Je l'aime. C'est ce que je m'apprête à lui dire mais mon portable sonne. C'est le commissariat de Créteil. Je décroche et reconnais la voix du flic qui s'est occupé de moi cet après-midi. Il s'appelle Dagan.

— La Brigade fluviale a pris en chasse les malfaiteurs, m'annonce-t-il. Il y a eu un échange de coups de feu. Un des fuyards a été touché, il est tombé à l'eau, les collègues l'ont repêché. L'autre a réussi à fuir. On a retrouvé votre bateau à Noisy-le-Grand. Le blessé a été emmené à l'hôpital.

Il laisse passer un silence.

— Pardon de vous appeler si tard, mais je voulais vous tenir informé. Il vient de mourir. On n'a pas pu l'interroger, on n'a pas encore réussi à l'identifier non plus. Voilà. Il est mort, et on ne sait pas qui c'est.

Je pense à mon bateau, aux impacts de balle, à ce cadavre.

— Et puis il y a autre chose, ajoute-t-il.

Sa voix n'est plus la même.

— Le type a deux balles dans le corps. La première provient d'une de nos armes. La deuxième a été tirée avec un Colt 45. On ne possède pas ce type de pistolet dans la police.

— Et donc ?

— Et donc, deux personnes ont tiré en même temps sur notre homme. La première est un policier français. La deuxième, par contre, mystère…

9

Il est six heures du matin et je n'ai pas le droit d'être là, il me l'a répété dans son bureau, puis dans sa voiture en roulant jusqu'ici. C'est une faveur qu'il me fait. Ce corps froid sous mes yeux ne me provoque aucune émotion. Première fois que je mets les pieds dans une morgue. En face de moi se tient le flic et, à sa droite, un médecin qui nous parle. Il nous raconte que la victime est tombée à l'eau et s'est trouvée dans l'impossibilité de nager en raison de ses deux blessures par balle, l'une à la cuisse, tirée par un policier, l'autre au ventre, tirée par on ne sait qui. Sans doute par son complice, plutôt que de le sauver.

Quand la Brigade fluviale l'a repêché, il respirait encore mais ça n'a pas duré. Une mort ridicule. Si le type avait été sur la terre ferme, il aurait pu riposter, se traîner, peut-être fuir. Là, le mec a juste coulé, la jambe et le ventre en sang, plein de douleurs. Je n'arrive pas à le plaindre. Il est nu devant moi, étendu sur un drap blanc. Il fait froid dans la salle. Je l'observe et entends le légiste nous livrer le peu qu'il sait de lui. L'homme est âgé d'une trentaine d'années, fumeur et buveur d'après la couleur de ses dents, de son foie et de sa gorge. Bagarreur, à n'en pas douter : son nez, sa mâchoire et plusieurs de ses phalanges ont déjà subi des fractures, ainsi que ses deux bras. Une cicatrice sur le flanc laisse supposer que des armes blanches ont parfois servi. Une petite vie de voyou comme celle que j'ai eue, je connais ces marques sur le corps, j'ai les miennes. Moi aussi, j'ai aimé la bagarre. Mais j'ai réussi à ne pas en faire un métier. J'ai su m'arrêter à temps, survivre, ne pas mourir comme une merde au fond de la Marne boueuse. Surtout, je n'ai jamais mis le feu chez qui que ce soit.

Pour le moment, on ignore qui est ce mec. Le policier m'a expliqué durant le trajet qu'on enterrait chaque année mille à trois mille personnes sans savoir qui elles sont. On roulait sur les quais à bord de sa voiture banalisée, il avait l'air de ne pas avoir dormi de la nuit. Il y avait de la brume et le soleil se levait sur la Seine. On appelle ça les enterrements sous X. Des inconnus qui trépassent, souvent des SDF, des promeneurs égarés victimes d'une chute ou d'un malaise, ou bien des noyés, que personne, jamais, ne réclame. Ou qu'on réclame, oui, mais sans faire le lien entre le disparu d'ici et le corps de là-bas. En vérité, nous ne sommes pas tous fichés. Soudain, je trouve ça dommage, parce que ça ne m'arrange pas : qui est ce mec ? Qui voulait anéantir tout ce que je possède, et pourquoi ? Et surtout, où le deuxième est-il allé ? Que veut-il faire encore ? Mon hors-bord a été abandonné à Noisy-le-Grand, il y a trois impacts de balle dans la coque, le survivant a foncé sur une grève avant de sauter. Lui a réussi à s'enfuir. Les dégâts sont visibles et seront coûteux. Peu importe. La trace du gars se perd parmi les pavillons de la grande banlieue est. On le cherche.

— À mon avis, il est déjà loin, soupire Dagan.

Il prend à cœur ce qui m'arrive. Hier, face aux ruines de ma maison, il a répété plusieurs fois que tout ça était horrible. Il a la cinquantaine grisonnante. C'est parce qu'il pense que nous ne retrouverons pas le fuyard qu'il m'a autorisé à venir voir de près la tête d'un des deux responsables du carnage. Je sors mon téléphone et vois le légiste se tourner vers Dagan. Ensemble, ils font mine de baisser les yeux. Ils me laissent quelques secondes, durant lesquelles je photographie le visage du mort. Je range mon appareil et ils relèvent la tête. Le toubib jette un œil à sa montre, le flic m'indique la porte d'un geste du bras et m'invite à le suivre. Je regarde jusqu'au bout ce corps blanc et trapu, ces cheveux châtains. Dans mon téléphone, son visage rejoint celui de celle qui se fait appeler Catherine Dourdan. Il est 7 heures. La journée commence.

À l'entrepôt, la nuit a été plus agitée encore que la précédente.

10

Dagan m'a demandé de l'attendre à la sortie de l'Institut médico-légal, le temps pour lui de signer un formulaire auprès du légiste. Quand il m'a retrouvé, il m'a proposé de m'emmener au dépôt-vente.

— Merci, mais il faut que je récupère ma moto au parking de l'hôtel.

— Alors, je vous retrouve là-bas, a-t-il décrété sans que je saisisse pourquoi il tenait tant à venir avec moi.

En arrivant devant l'entrepôt, j'ai compris sa gêne et ses cernes sous les yeux : Gary et ses cousins étaient parqués dans un fourgon gardé par deux agents. Je suis descendu de moto sans rien comprendre. La porte était grande ouverte, des tas de flics allaient et venaient comme s'ils étaient chez eux. Dans un autre fourgon se trouvait Mylène, droite, qui m'a fixé sans ciller à travers les grillages. Elle avait une mine de condamnée. Devant, une femme en uniforme montait la garde. Dagan s'est précipité vers moi.

— Cette affaire d'album photo, on n'y a pas cru une seconde. On ne cambriole pas un dépôt-vente pour ça. On n'incendie pas une maison pour ça. On ne fuit pas à bord d'un bateau volé en tirant des coups de feu pour un album photo.

Il a l'air embarrassé.

— Vous n'êtes pas un agneau non plus, il faut dire. Vous avez deux, trois antécédents. Et puis vous confiez le gardiennage de votre entrepôt à des gars qui sont tous fichés, sans parler de la dame que vous employez. Bref, tout est un peu contre vous. Alors on a fouillé toute la nuit.

Il se concentre.

— Je ne vous le cache pas, on cherchait de la drogue, des armes, même des bijoux. Ou une arnaque à l'assurance.

— Et vous n'avez rien trouvé.

— Non, rien, me concède-t-il, tracassé. Alors ce matin, j'ai tenté une chose : j'ai voulu voir si vous connaissiez le type abattu sur la Marne hier. Dans le banditisme, tout le monde se connaît. Tout à l'heure, sous les néons, je ne vous ai pas quitté des yeux, le médecin non plus. Nous en sommes certains : vous ne connaissiez pas celui qui a incendié votre maison hier.

Les uniformes s'affairent autour de nous.

— Rassurez-vous, ajoute-t-il, on a fait ça proprement.

Il me regarde à nouveau en face :

— Pourquoi faire tout ça pour un simple album photo ?

J'ai envie de lui rentrer dedans. Je me retiens, je serre les poings dans les poches de mon blouson.

— Je ne sais pas. Mais je vous l'ai dit hier, si cet album existe, c'est que tout n'a pas brûlé la nuit où mes parents sont morts.

— Ou qu'il y avait une troisième personne avec eux, suggère-t-il.

— J'ai souvent pensé qu'ils avaient été assassinés, et pour toutes les raisons du monde. J'ai même imaginé qu'ils avaient été tués par mon oncle et ma tante pour me récupérer, j'ai tout imaginé. Agents secrets supprimés par le bloc de l'Est, voleurs de diamants éliminés par le consortium d'Anvers, amant ou maîtresse du président de la République de l'époque. J'ai imaginé qu'ils organisaient des orgies dans le manoir où se retrouvaient des têtes connues qu'ils faisaient chanter ensuite. Vous voyez, je ne leur ai pas toujours donné le beau rôle.

— Vous avez peut-être même entrevu la vérité ?

— Je m'en fous. J'ai essayé de combler tous les vides qu'ils m'ont laissés, je me suis débattu comme un forcené. J'ai mis des décennies à sortir de l'orage. Je croyais vraiment être tranquille, que j'avais dépassé ça. Mais je vois bien que je n'ai aucune arme supplémentaire. J'ai 6 ans.

Je ravale ma salive et enrage en voyant Mylène, Gary et ses cousins.

— Mais libérez-les, putain !

Je crie ça en me ruant vers eux. Dagan m'ordonne de m'arrêter mais je le repousse des deux mains, il perd l'équilibre et s'écroule. Il se redresse vite, assure que tout va bien aux flics qui accourent. Je marche vers les fourgons.

— Ouvrez, c'est bon, crie-t-il aux agents en faction. Ouvrez !

Les Gitans sortent, font face aux flics en lissant leurs vêtements, marmonnent entre eux. Mylène, à son tour, s'extrait lentement de son fourgon, très lentement. Elle se poste devant la jeune policière qui lui tient la porte. Elle la fixe. Un statut et près de quarante ans séparent ces deux femmes, je me demande ce que leurs yeux se disent. Cela dure plusieurs secondes. La plus jeune est gênée et finit par s'agiter. Mylène s'éloigne. Elle marche. Elle s'en va en nous tournant le dos.

Moi, je peine à reprendre mon calme. Dagan m'observe.

— Deux questions se posent, reprend-il. D'abord, que s'est-il passé cette nuit-là dans le manoir de vos parents ? Ensuite, pourquoi vous transmet-on cet album aujourd'hui ?

— Et vous avez les réponses ?

— Pas encore.

11

Je déteste le métro pour les mêmes raisons que tout le monde. Je ne peux pas faire plus plaisir à Laurie qu'en le prenant avec elle. Quand il faut que je lui parle, je viens la chercher à la sortie du collège et on chemine ensemble vers la station la plus proche. Nous nous mélangeons à la foule en nous tenant aux barres luisantes. On nous bouscule, pousse, renifle, le tout dans un volume sonore assourdissant, et nous bavardons. Elle rayonne et je souffre en silence.

J'aime notre relation. Elle est faite de tendresse, de franchise et de respect, je n'imagine pas cela possible entre un père et sa fille. Nous parlons de tout. Un soir, je l'ai trouvée en larmes dans sa chambre, assise au bord du lit. Elle se désolait, tandis que sa mère est une petite brune pulpeuse, de se transformer jour après jour en une grande blonde filiforme. Je l'avais rassurée, le plus attirant chez une femme est ce qu'elle dégage, elle m'avait écouté.

« Mais si plus tard j'ai une fille qui a des gros seins, je serai la seule conne de la famille ! » avait-elle lâché en sanglotant de plus belle.

Je ne sais pas d'où elle sort ce genre de phrases. Elle est comme Anna, elle me surprend sans le chercher. Et puis, j'ai le beau rôle avec elle. Je suis une sorte de chevalier sans âge, puisque sans enfants, qui rend sa mère heureuse et fait passer son père pour un ringard. Celui que je nomme « l'échalas dégingandé » n'en prend pas ombrage, il paraît que de son côté il m'appelle Elvis. « Période Las Vegas », prend-il le soin d'ajouter.

Depuis quelque temps, Laurie se passionne pour la brocante, ça nous rend plus proches encore. Elle parcourt quotidiennement les sites les plus divers, beaucoup traitent d'antiquités, d'autres d'archéologie, ou bien d'art en général, de sculpture ou de dessin, de telle ou telle collection, parfois de telle ou telle folie. Je ne suis pas certain qu'elle comprenne toujours tout. Elle découvre, elle visite. Je ne freinerai jamais sa curiosité. Elle m'a un jour montré les clichés d'un passionné de décharges publiques, le gars les immortalise une à une. Un autre photographie quotidiennement ce qu'il a devant lui à midi pile : un paysage, la carte d'un restaurant, le dos d'un inconnu. Laurie vient dès qu'elle peut au dépôt-vente, elle passe des mercredis entiers à inspecter l'estampille d'un briquet à essence, la signature d'une porcelaine, un vase en verre soufflé. Les vieilles pierres aussi la fascinent. Elle qui a voulu être garde du corps, puis pianiste de jazz et, plus récemment, ostréicultrice, a désormais pour but de devenir antiquaire ou commissaire-priseur. Voilà ce qu'il y a de plus compliqué dans l'annonce que j'ai à lui faire : sa collection de lampes à pétrole, dont les réservoirs multicolores s'alignaient si joliment sur l'étagère de sa chambre de l'île Sainte-Catherine, a péri dans l'incendie, comme sa coiffeuse et tout le reste.

Elle s'agrippe des deux mains à la barre de la rame.

— Tout a brûlé ?

— Tout ce qui brûle, oui, et il n'y avait que ça ou presque, tu sais bien. Les livres, les tapis, les meubles, les disques, même les portes et les fenêtres…

Ses yeux pleins de larmes sont rivés sur moi. Elle n'a que faire de ses lampes, chaque mot la heurte davantage, moi avec, et je m'arrête. Je la prends dans mes bras, cette barre chromée dégueulasse entre nous.

Elle a pleuré longtemps, jusqu'au bout de la ligne. Les gens allaient et venaient autour de nous, je les observais tous en me disant que parmi eux se trouvait peut-être l'incendiaire, je serrais les dents. Au terminus, nous sommes sortis sans savoir où nous étions et avons avancé au hasard. Nous étions à l'autre bout de Paris, vers Levallois. On a marché le long de la Seine en revenant vers le centre, et je lui ai proposé d'aller ensemble au commissariat voir de près ce fameux album revenu d'outre-tombe, et conservé là-bas pour plus de sécurité.

Depuis, nous sommes là, penchés sur les pages de l'album qu'elle consulte, abasourdie. Dagan se tient dans un coin de la pièce, il nous observe, nous qui sommes assis devant son grand bureau. Laurie sursaute à chaque nouveau cliché.

— Waaaah ! s'exclame-t-elle.

Elle me dévisage, se penche à nouveau sur mon père, puis sur ma mère. Même si elle connaît mon parcours, elle me demande de le lui répéter au fil des pages que nous tournons. Elle revient en arrière, scrute la façade du manoir, hésite, poursuit, puis fixe mes parents, les effleure du bout de son index. Elle détaille aussi les meubles, une armoire bretonne monumentale, alors qu'elles sont d'ordinaire plutôt petites, la fameuse crédence du Moyen Âge devant peser le poids d'une voiture, une improbable table de ferme en ébène, un vélo d'enfant juste devant, un petit lit encombré de peluches.

— Et tout ça, ça a brûlé ? demande-t-elle.

Je reste muet.

— Oui, je sais que ça a brûlé quand tu étais petit, pardon, poursuit-elle. Mais c'est bizarre.

J'attends, suspendu à ses lèvres. Dagan se rapproche.

— Je ne sais pas, dit-elle en continuant à faire défiler les photos sous ses yeux. Peut-être que je confonds. J'ai l'impression d'avoir déjà vu tout ça quelque part.

12

En effet, on peut vivre à plusieurs chez Mylène. Anna et moi la suivons de pièce en pièce en nous jetant des coups d'œil médusés. Nos pas résonnent sur le parquet d'Arembert. L'immeuble en pierre de taille et aux larges fenêtres laisse supposer qu'il abrite de grands appartements mais c'est bien plus que cela : il n'y en a qu'un par étage. C'est en tout cas ainsi au troisième, où nous attendait Mylène, un trousseau de clés en main, au seuil d'une double porte.

— Je n'habite pas cet étage, nous a-t-elle expliqué en nous faisant entrer.

Le corridor, à lui seul, annonce la couleur, éclairé par huit opalines, un tapis recouvrant le sol. Sur la droite, une sellette Louis XVI sur laquelle Mylène a posé le trousseau. À gauche, un secrétaire en marqueterie. Depuis, nous marchons à sa suite et constatons que tout est prêt et en ordre. Un piano à queue occupe le milieu du salon. Une pièce entière est consacrée à la lecture, les murs étant recouverts de rayonnages moulurés sur lesquels sont rangés des milliers de livres. Au sol, un canapé et de l'espace. Les lits des différentes chambres sont faits, il y a même des serviettes et quelques cosmétiques dans chacune des trois salles de bains, ainsi qu'un salon de jardin sur la grande terrasse abritée qu'elle finit par nous montrer et qui nous laisse bouche bée : d'ici, on voit la Seine à nos pieds, le Grand Palais en face dont la verrière scintille au soleil, la tour Eiffel au loin, le tout dans un silence si rare au centre de Paris. Pourtant, si l'endroit est impeccablement tenu, il paraît figé, comme si personne n'habitait ici. C'est d'ailleurs le cas puisque Mylène vit au-dessus. Je brûle de lui demander de m'expliquer, mais me retiens. Cela viendra d'elle. Sûr qu'elle sait quelles questions me traversent, elle me connaît.

— Sentez-vous bien ici.

Elle fait un pas vers la sortie, s'arrête :

— Vous avez fait beaucoup pour moi, Mat, bien plus que vous ne le pensez. Je suis heureuse de vous rendre la pareille. Restez le temps que vous voudrez.

— Mylène, à qui est cet appartement ? je lui demande avec plus de gravité que je ne le souhaiterais.

— À moi.

Elle aussi répond plus solennellement que prévu, je crois.

— J'ai hérité cet appartement quand j'avais 20 ans. Dans ma famille, on reçoit ce genre de cadeau pour le bac ou le permis de conduire. Les charges sont payées à vie, un employé passe chaque mois vérifier que tout est en état. Tout est géré par mes frères.

On la sent gênée.

— Je ne l'ai jamais occupé, avoue-t-elle. N'hésitez pas, si vous avez besoin de quoi que ce soit. Je suis au sixième.

13

Les pompiers nous ont fait enfiler de grosses vestes noires et nous ont obligés à coiffer les mêmes casques qu'eux. Je ne pouvais quitter des yeux la carcasse nue de la maison dans leur dos. Anna, d'ordinaire si solide, ou au moins si résistante, était abattue. La vérité nous apparaissait, cruelle et définitive : notre nid d'amour sur notre île s'était fait dévorer par le feu. Il ne restait que les murs couverts de suie. On voyait autour de chaque ouverture comme de longues traînées noires sur la pierre, on entrevoyait d'ici l'explosion des fenêtres, le vent s'engouffrant en un tourbillon terrible et nourrissant les flammes. Partout, la violence de l'incendie transparaissait. Puis ils nous ont fait pénétrer dans les décombres en nous enjoignant de marcher dans leurs pas. Nous avons avancé dans cet intérieur dévasté, carbonisé et gorgé d'eau, et n'avons pu retenir nos larmes. L'odeur même, acide et désormais glacée, nous brûlait la gorge et les yeux. Ici, nous nous étions aimés, nous avions roulé sur le sol avec Laurie si petite, que j'avais parfois prise pour ma propre enfant, nous avions déjeuné dehors en contemplant la Marne à travers les saules, nous avions passé des hivers à cuisiner en écoutant de la musique. Il y avait ici tout ce que j'avais construit de mes mains, et toute la fierté que j'en avais retirée. Quand je l'avais achetée, j'étais un délinquant sur le fil et cette maison n'était qu'un tas de pierres dont personne ne voulait. Seuls Raymond et moi y avions cru. En progressant dans ce champ de ruines, je voyais mon oncle en bras de chemise et les différentes machines que nous avions utilisées six mois durant. Ou tous les deux assis devant une bière, à la lumière d'une baladeuse, appréciant le chemin parcouru. Je revoyais ma tante, si fière de moi et de nous quand elle nous rendait visite en nous apportant un melon ou un poulet rôti.

« Travaillez bien, lançait-elle à coup sûr au moment de partir. Bravo, messieurs ! »

De tout cela il ne subsistait que des souvenirs et les paroles de l'assureur, que je n'écoutais pas vraiment. En sortant, Anna et moi étions faibles et plus soudés que jamais, et c'est en silence que nous sommes montés sur la Triumph. J'ai démarré doucement, nous avons roulé dans notre rue, nous éloignant du désastre. Je sentais les mains d'Anna contre ma taille, ses cuisses qui m'enserraient, le ronronnement du moteur sous mon ventre et son souffle dans mon cou. Je me suis dit, à cet instant, que le feu n'avait pas tout emporté.

En quittant l'île Sainte-Catherine, nous sommes allés refaire nos garde-robes dans plusieurs magasins. Tout sentait le brûlé, la menace et les flammes rouges. Anna et moi nous sommes forcés à enfiler des polos, des pantalons et des robes, même des costumes et des chaussures. Nous avons tout racheté.

Nous sommes chez Mylène, nous mangeons dans la cuisine où l'on tiendrait à dix. Dans le couloir d'entrée s'entassent nos achats, des sacs entiers de vêtements. Anna porte une courte robe à pois sans manches qui la met en valeur. Laurie n'en revient pas de se trouver dans un tel appartement. Elle a demandé l'autorisation d'installer sa chambre dans ce qui sert de buanderie, une pièce sans fenêtres de trois mètres sur quatre. Nous avons accepté. Depuis, elle va et vient, aménage ce qui sera sa tanière pour les mois à venir, peut-être plus, tout dépend du temps que prendront les travaux. Elle s'est fait un bureau avec une étagère de la bibliothèque et deux tables de chevet prises dans une des multiples chambres. Son ordinateur y a déjà trouvé sa place. Moi, je suis installé en bout de table, épuisé. Le soleil se couche derrière les larges fenêtres.

Même si tout bouillonne en moi, je veux aller me coucher, quand ça sonne à la porte. Je ravale ma salive. Nos trois regards se croisent, je me lève pour aller voir, Anna me suit. Dans notre dos, Laurie fixe cette porte vers laquelle nous progressons. Il est presque 23 heures. J'empoigne la clenche et j'ouvre d'un mouvement sec. Cette soudaineté fait sursauter le visiteur sur le palier, ou plutôt la visiteuse : Mylène est là, blême, et s'excuse de nous déranger si tard. Je lui demande de pardonner ma brutalité, l'invite à entrer mais elle décline.

— Je préférerais que vous veniez chez moi, murmure-t-elle.

Elle passe d'un pied sur l'autre, refrène des tremblements.

— Mat, je ne tiens plus, lâche-t-elle en se tordant les poignets. Il faut que je vous dise quelque chose que je sais depuis le départ.

14

Elle fait des petits pas dans la pièce. Elle va du lit à l'évier, de la porte d'entrée à la douche, elle pourrait toucher les murs en écartant les bras. Anna et moi sommes dans un coin, devant la fenêtre. De là, on voit le lit étroit, la table mise pour un seul couvert, une unique chaise. On voit surtout Mylène qui ne tient pas en place, et de la place, ici, il n'y en a pas : elle vit dans une chambre de bonne. Elle cesse de remuer.

— Je ne vous l'ai pas dit sur le coup, je ne sais pas vraiment pourquoi, commence-t-elle. Pour ne pas réveiller de vieux démons, sans doute. Mais nous n'avons plus le choix. *Je* n'ai plus le choix. Et puis les démons sont là, et bien là, ça n'est pas nous qui les réveillons.

Je redoute la suite. Je coupe court :

— Qu'est-ce qu'il y a, Mylène ?

— C'est cette photo ! éclate-t-elle. Cette dernière photo dans votre album, le parking, la voiture ! Je ne vois plus qu'elle.

Elle se tait, se concentre, elle veut reprendre ses esprits, contrôler ses paroles.

— Ma famille a traité et traite des affaires dans de nombreux domaines. Toute l'éducation que j'ai reçue était illustrée de cas concrets tirés de l'expérience familiale.

Des éclairs traversent ses pupilles, elle s'enflamme et énumère :

— J'ai appris la géographie en fonction des différentes résidences et des usines qu'achetait et vendait mon père. Depuis l'âge de 8 ans, je suis capable de découper tous les poissons, toutes les parties du bœuf, grâce à l'un de mes oncles, propriétaire de brasseries parisiennes. Pour me faire réviser la physique-chimie au baccalauréat, j'ai été envoyée quinze jours dans une fabrique de parfum à Grasse que l'un de mes grands frères venait de reprendre.

Elle s'interrompt. Je ne sais pas si sa voix est chargée de regret, de rancœur ou de hargne.

— Et la mémoire, ajoute-t-elle comme une évidence. Travailler sa mémoire. Apprendre, réciter, apprendre, réciter, apprendre encore, et répéter toujours. Parmi ses multiples affaires, mon père a possédé plusieurs concessions Mercedes. Et quoi de mieux, pour exercer sa mémoire, que d'apprendre par cœur les caractéristiques de chacun des modèles ? Quoi de plus valorisant, pour un père, que de transformer sa fille en un petit singe savant capable de décrire sans une erreur et sans rien y comprendre les données techniques de la gamme entière ? Quoi de plus pittoresque ?

Elle est désarmée face à l'absurdité de son enfance, elle en tremble de colère.

— Je me fous de connaître toutes les villes où mon père a fait fortune, je me fous de savoir écailler un bar ou lever les filets d'un turbot. Je n'ai que faire d'être capable de copier le Chanel n° 5. Ça n'est peut-être pas si grave, tempère-t-elle. Mais je ne m'en suis jamais remise.

Elle hausse les épaules avec impuissance, consternée, et je vois comme de la malice apparaître dans ses yeux humides.

— Depuis quelques jours, je trouve un sens à ces chiffres dans ma tête, et c'est comme un miracle. Je vois des Mercedes alignées. Je vois mon père, il est assis dans son fauteuil, la revue technique à la main. Je suis face à lui, bien droite dans ma jupe en flanelle, et j'entends ma voix de fillette lui énoncer la cylindrée, l'alésage et la course, l'empattement, la puissance et le couple, je le vois, je m'entends ! Depuis quelques jours, je ne me trouve plus terrifiante. Car je vais vous être utile.

On dirait qu'elle va mordre et qu'elle aimera ça, que des années de frustration ressortent.

— Et les années, ajoute-t-elle. Les dates de sortie d'usine, de mise en vente.

Elle marque un temps et relève les yeux. Son attitude se modifie d'un coup.

— Vous m'avez dit que tous les clichés avaient été pris par votre mère, et qu'elle était décédée le 6 août 1976.

Et comme je ne réagis pas :

— Mat, vous devriez aller chercher la dernière photo de l'album au commissariat. Au premier plan, sur le parking, se trouve une voiture bleue, vous vous en souvenez ? C'est un taxi. Une Mercedes. Et ce modèle n'est sorti qu'en septembre. Cette dernière photo n'a pas été prise par votre mère.

Et après un silence :

— Ou bien votre mère n'est pas morte.

15

J'ai quitté Kerloch à 6 ans pour une colonie de vacances de quinze jours en Savoie. Je portais une petite valise et des chaussures de marche, quatre photos de ma mère et moi, et probablement un chapeau de soleil tenant avec un élastique. Et puis le drame s'est produit, et ma tante est apparue dans la cour. Elle et mon oncle habitaient comme nous à Kerloch, à la sortie du village. Mon oncle parcourait le monde, partout où il y avait du pétrole, réparait les fuites et optimisait les pompes. S'ensuivaient de longues plages de repos, durant lesquelles il pêchait, bricolait, faisait du cerf-volant sur la plage, et m'emmenait en balade sur ses épaules de colosse. Ma tante travaillait à la mairie du village.

Après le drame, elle m'a envoyé chez une de ses amies à Paris, le temps pour elle de régler les affaires. J'ai encore dans la bouche le goût de l'abandon ressenti durant ces quelques semaines. Elles sont les pires de ma vie. Je geignais sans comprendre, du matin au soir, me débattant dans les bras de cette jeune femme qui ne savait plus quoi faire de moi. Avec le recul, et en l'absence de mon oncle, ma tante ne pouvait rien faire d'autre. À Kerloch, le drame était sur toutes les lèvres. Et puis viendraient la rentrée des classes, les enfants et leur si cruelle innocence, viendraient les rumeurs, c'était sûr, et il lui sembla tout simplement impossible de me faire regagner la pointe un jour. J'ai mis vingt ans à comprendre qu'il fallait en passer par là.

À son retour du Congo, trois mois plus tard, mon oncle a appris en bloc que mes parents étaient morts, que ma tante avait vendu la maison, démissionné de la mairie, et déménagé leur vie dans un pavillon de banlieue parisienne où se trouvait désormais ma chambre. Je sens encore ses bras me serrer contre lui sur le pas de la porte, devant un foyer qu'il découvrait. Il avait la peau tannée par le soleil, et ses bras forts tremblaient, accroupi devant moi. J'ignore si cela a été simple ou non pour eux de quitter la Bretagne, si l'arrivée d'un petit garçon de 6 ans dans leur vie a provoqué de gros remous ou non. C'est ainsi que les choses se sont produites. Dans l'urgence, ma tante s'est fait embaucher comme vendeuse de fruits et légumes chez un maraîcher. Mon oncle a continué ses missions pétrolières. Moi, j'ai intégré l'école élémentaire Jules-Ferry de Fontenay-sous-Bois à la rentrée suivante. Je n'ai jamais remis les pieds à Kerloch.

J'ai failli, quelques années plus tard, et je me demande aujourd'hui ce qui se serait passé si j'étais arrivé à bon port. J'avais 10 ans, et ce matin-là, j'ai pris mon cartable comme tous les autres jours de la semaine, à la différence près qu'il ne contenait pas mes affaires de classe mais quelques habits, ainsi qu'un sandwich préparé en cachette. Je ne suis pas allé à l'école mais vers le RER, dont j'avais étudié le plan sous mes draps. À Montparnasse, j'ai déchiffré les panneaux d'affichage et j'ai pris place à bord d'un train corail à destination du bout du monde. Je voulais revoir ma mère, mon père et ma chambre. Ma fugue a pris fin à Rennes, où deux gendarmes m'attendaient sur le quai, et auxquels le contrôleur m'a confié. Quelques heures plus tard, mon oncle et ma tante arrivaient, catastrophés, et me prenaient contre eux en me faisant promettre de ne jamais recommencer. Ma promesse n'y est pour rien, mais j'ai tenu parole. Je suis allé en Indonésie, en Islande, au Pérou, je suis descendu jusqu'au Maroc, au guidon de ma Triumph, et monté en Norvège, mais je ne suis jamais retourné en Bretagne. On en parle souvent, on la voit à la télé, sauvage et préservée, et puis ça n'est pas si loin, mais la Bretagne est pour moi un territoire inaccessible, un paradis perdu qui s'offre à qui le veut mais dont je suis exclu. Quelque chose s'est verrouillé en moi ce jour-là dans la gendarmerie de Rennes. Je ferais sans.

Nous roulons vers elle en ce moment même et j'ai l'impression de braver un interdit, ou bien de me jeter dans la gueule du loup. Il était impossible de rester là sans rien faire après la révélation de Mylène. On a embrassé Laurie, on lui a demandé de se coucher, et de bien se rendre au collège demain. Pour nous faire pardonner notre départ impromptu, nous lui avons promis d'aller dîner dans une guinguette dimanche prochain.

— On ira en métro, j'ai ajouté.

Il était minuit quand Anna, Mylène et moi sommes sortis du parking à bord d'une luxueuse Mercedes.

— Livrée avec l'appartement ? a demandé Anna en la découvrant.

Pour toute réponse, Mylène a soupiré et s'est mise au volant. Depuis, nous fonçons droit vers l'ouest. Elle conduit d'une main de maître. Peut-être verrons-nous le soleil se lever sur la côte morcelée. D'une certaine façon, j'ai déjà fait ce trajet. J'ai visité Kerloch de fond en comble, je crois même avoir trouvé la maison qu'habitaient jadis mon oncle et ma tante. J'ai arpenté les rues du village à travers les images de Google. J'ai vu la mairie, l'église et les chemins menant à la grève. Mais ce que nous allons chercher, aucune caméra n'y a accès. Nous aurions dû commencer par là. Ma tante et Raymond ont si bien rempli leurs rôles depuis toujours que les actes de décès de mes parents, je n'ai même jamais cherché à les voir.

16

On arrive à Kerloch à l'aube par la route qui longe la mer. Le soleil se lève sur les Tas de Pois, ces trois dômes de pierre émergeant de l'océan que je n'ai jusqu'à présent pu admirer qu'en photo. C'est irréel et lunaire. J'ai dormi tout le trajet ou presque, bercé par la musique classique diffusée dans les enceintes. À l'avant, Mylène et Anna ont parlé à voix basse, je les ai entendues, sans discerner le sujet de leurs conversations. Ouvrir les yeux face à ce paysage me donne l'impression d'avoir changé de planète en douceur, je ne parviens pas à me détacher des flots, de ces roches tourmentées. C'est Anna qui conduit, à présent, guidée par Mylène. Quand nous pénétrons dans le village, je sens de la complicité entre elles. Je m'étire. La mairie ouvre dans deux heures. Nous marchons dans les rues désertes, nous prenons un café à un comptoir, nous respirons l'air frais en rongeant notre frein.

La femme à l'accueil n'est pas surprise par ma requête. Elle note le nom de ma mère et la date de sa mort. Quand je lui donne celui de mon père, elle relève les yeux vers moi, plisse légèrement les paupières.

— Vous connaissez ? je demande.

— Ça me dit quelque chose, oui, répond-elle, hésitante.

Et après un instant de réflexion :

— C'est vieux.

Elle est soudain fière de se le rappeler.

— Quand j'ai commencé à travailler ici, la secrétaire principale portait ce nom-là.

— C'était ma tante. *C'est* ma tante, elle vit toujours.

Elle hoche la tête, continue de se remémorer ce lointain passé et me dévisage.

— C'est vous, le petit... ?

Elle s'interrompt, visiblement émue.

— C'est moi, oui.

— Ce sera prêt cet après-midi. Je n'aurai pas à chercher beaucoup, on m'en a encore demandé une copie il y a trois mois.

— Une copie de l'acte de décès de mes parents ?

— De votre mère, précise-t-elle.

— Vous avez dit « encore », fait remarquer Anna, pourquoi « encore » ?

La secrétaire marque un temps, nous dévisage. Je sens que ma présence la trouble. Quelqu'un entre dans le hall de la mairie.

— Depuis que je travaille ici, plusieurs personnes sont venues me voir pour me demander des copies de ces actes de décès, nous répond la dame tandis que des pas se rapprochent.

Elle parle lentement, mesure ses mots, ses yeux rivés aux nôtres. Dans notre dos, les talons claquent sur le carrelage. La personne s'immobilise un mètre derrière nous, attend son tour. Je me penche vers la secrétaire mais elle me coupe dans mon élan.

— Revenez en début d'après-midi, dit-elle tout bas.

En sortant de la mairie, nous avons roulé jusqu'à la pointe de Lochrist, nous voulions voir le manoir. Cela ne nous a pas été possible. Nous avons trouvé la grille fermée, sans aucun signe de vie. De là, on ne distinguait que des arbres, et rien de la bâtisse qui se situait loin derrière. J'ai regardé ces chênes, ces pins, ces fougères et ces herbes. J'aurais aimé dire que cette végétation m'était familière, reconnaître quelque chose, et laisser les souvenirs se répandre partout en moi. J'aurais aimé mais rien ne s'est produit. Nous avons rebroussé chemin. Nous sommes sur le lieu même du drame et nous sommes impuissants. Nous ne pouvons qu'attendre.

— Cela vous dérangerait-il de me voir toute nue ?

C'est Mylène qui pose cette question. Nous sommes tous les trois assis sur le sable, face aux vagues. Je ne sais pas quoi répondre. Anna est plus directe :

— Je vais avec toi.

Je constate qu'elles se tutoient désormais. Elles se lèvent, il y a de l'excitation dans leurs gestes, de la détermination ; tout cela est enrobé de fatigue, et leur audace me comble. Je me redresse à mon tour, et il nous est naturel de nous déshabiller ensemble. Je n'ai rien à foutre d'être à poil sur cette plage à cette heure du jour, devant mon employée. Tous les trois, nus, nous marchons vers l'eau froide, et nos pieds se glacent ainsi que notre corps quand on y pénètre, on frissonne et Mylène accélère, on s'éclabousse, on y va plus franchement en claquant des dents, et nous voilà bientôt en entier dans la mer. On respire fort, on bouge, on combat la température mais on est vifs.

Du haut de mes 48 ans, sans plus de maison ni la moindre certitude, je prends un bain de minuit en plein jour avec deux femmes dont l'une est bientôt retraitée et hilare, et l'autre, plus excitante que jamais quand elle plaque ses cheveux en arrière, de l'eau jusqu'au nombril. Je suis capable de ça, on est encore capables de ça.

Tout à l'heure, on me remettra l'acte de décès de mon père et celui de ma mère, j'en aurai le cœur net. Je saurai qui les a signés, peut-être aussi s'il restait quelque chose de l'incendie. Pour le moment, j'aimerais ressortir de l'eau en bandant comme un taureau, j'aimerais ça. Je crains que les quinze degrés de ce putain d'océan ne m'empêchent de déployer ma virilité, je crois même ne pas être à mon avantage quand on marchera vers nos fringues, et je rigole. Tant pis. Je nage. Je n'imagine pas une seconde qu'à quelques pas de là, quelqu'un nous observe.

17

Plusieurs documents sont posés sur le comptoir d'accueil. L'acte de décès de mon père et celui de ma mère, tous les deux morts dans la nuit du 6 au 7 août 1976 dans l'incendie de leur manoir sur la pointe de Lochrist. Selon le rapport de gendarmerie, que l'employée de mairie a exhumé au passage, il a fallu dix pompiers pour venir à bout des flammes, qui avaient eu le temps de se propager à l'intégralité de la bâtisse avant leur arrivée. La faute à l'isolement du manoir, rendant impossible tout signalement de départ de feu par d'éventuels voisins. Il avait fallu des flammes de plusieurs mètres de haut, surmontées d'une fumée noire et tourbillonnante, pour que, depuis le village, on distingue une anomalie. Quand les pompiers débarquent, toutes les fenêtres ont déjà explosé sous l'effet de la chaleur, la charpente est sur le point de s'écrouler, les poutres vacillent. Il est hors de question de pénétrer dans le brasier. Voilà ce que détaille le rapport : des heures de combat au terme desquelles ne restait qu'une carcasse de pierre sans plus rien ni personne à l'intérieur, rien d'autre que de la cendre noire et détrempée, presque de la boue, et le silence. Le lendemain, les pompiers ont découvert deux corps calcinés dans la ruine. On a supposé que mes parents s'étaient retrouvés bloqués par les flammes, le plancher s'embrasant autour d'eux. Le rapport précise que ça n'a sans doute pas été long, et je me demande ce qu'en sait celui qui l'a rédigé. Peut-être mes parents ont-ils eu tout le temps de se voir mourir, peut-être se sont-ils aimés une dernière fois dans les bras l'un de l'autre. Sans doute ont-ils tenté de s'en sortir, de fuir, et ont péri sans avoir rien pu faire.

Je connais la suite, car ma tante me l'a racontée, une fois seulement. J'avais 16 ans et la violence débordait par tous les pores de ma peau, je sautais à la gorge de quiconque croisait mon regard, quel que soit son âge ou sa carrure. J'étais un lion en cage. Seul Raymond parvenait à me calmer, tant par sa douceur que par la force brute que je pressentais en lui. Je ne l'ai jamais vu frapper personne, pourtant je l'en sais capable, du moins l'ai-je toujours pensé. Raymond, oui, me canalisait. Pas ma tante, à qui je répondais de plus en plus mal, surtout lors des longues absences de mon oncle. Le ton montait vite. Un soir, ça a crié une nouvelle fois durant le repas. J'ai bondi de ma chaise qui s'est renversée dans mon dos, j'ai marché vers la sortie pour me défouler au hasard, et ma tante m'a barré le chemin, blême de colère. Elle m'a giflé. Là, elle m'a dit d'une voix sourde qu'après deux jours passés face à la ruine du manoir, elle avait trouvé la force de faire ce que son frère aurait voulu, il l'avait dit une fois. L'artiste n'aimait rien tant que la mer. À sa mort, il voulait, comme les marins, que son cercueil soit balancé au large. « J'en ai fait fabriquer un à deux places. »

Elle s'était arrêtée sans me quitter des yeux, frissonnant de haut en bas.

« On est partis en mer avec le chalutier d'un pêcheur de Kerloch. Quatre jours. On est allés très loin, on ne voyait plus la terre depuis longtemps. Au milieu de nulle part, c'est moi qui ai hissé le cercueil à hauteur du bastingage avec le treuil qui servait à relever les filets gorgés de poissons. Tu ne connais pas tout ça, tu ne sais pas. Le marin-pêcheur était prêt à m'aider mais ça n'a pas été nécessaire. Écoute-moi : toute seule, j'ai fait monter le cercueil et l'ai poussé jusqu'au bord, la chaîne tendue. Toute seule. C'était lourd comme une montagne. Je l'ai fait peser en équilibre sur le bord, et j'ai attendu je ne sais pas quoi qui n'est pas venu, et j'ai coupé la corde, ça a été bref, le cercueil a basculé, il n'a même pas flotté. Il a coulé à pic, Mat. C'est moi qui ai fait ça. »

Elle avait durci le ton à mesure qu'elle parlait et avait conclu, en me laissant la voie libre pour sortir :

« Tu n'as aucun lieu sur lequel aller te recueillir, je sais. Mais tu n'es pas le seul à souffrir, Mathieu. Dans le cercueil, il y avait peut-être tes parents, mais il y avait avant tout mon frère. Et même si on ne se parlait plus vraiment, il restait mon meilleur ami. Voilà ce que j'ai perdu quand il est mort, ça fait dix ans et je pense à lui tous les jours et je n'ai pas moins mal. Tous les jours, je revis le moment où j'ai coupé la corde et je me maudis de n'avoir pas pu le sauver. Le soir de l'incendie… écoute-moi ! Écoute-moi, Mat. Le jour de l'incendie, mon frère m'avait appelée. Il m'avait proposé de venir le soir au château, toi, tu étais en colonie de vacances, Raymond, au Congo, on pouvait dîner tous les trois. J'ai décliné. Il ne m'avait pas invitée depuis des mois, j'aurais dû sauter de joie. Je n'étais pas malade, je n'avais rien de spécial à faire, mais j'ai décliné. Le soir, le feu s'est déclaré. Tous les jours, je me martèle que si j'avais accepté, si j'avais été là, j'aurais pu faire quelque chose. Ça aurait modifié le cours de nos existences à tous. Il est mort par ma faute. Parce que je ne suis pas venue. »

Elle s'était adossée au mur sans détourner les yeux.

« Toi, tu n'es responsable de rien, Mat. Tu n'es pas coupable. Tu es en vie, tu es libre. Ne gâche pas ça. »

L'après-midi même, j'avais trouvé au milieu de ma chambre un guéridon cassé qu'elle et moi avions lorgné dans la vitrine d'un brocanteur de Vincennes, la semaine précédente.

« Je suis sûr que je pourrais le retaper », j'avais dit.

En le découvrant près de mon lit, j'avais compris que ma tante croyait à mes talents, surtout à mon enthousiasme.

« Ne gâche pas tes envies », m'avait-elle supplié pour conclure.

Je suis sorti sans me retourner.

Cette nuit-là, j'ai agressé un couple dans Vincennes. On pourrait dire « sans raison », mais ils avaient l'âge de mes parents quand ils sont morts. Ils marchaient main dans la main et ils semblaient heureux.

— Je vous ai sorti tout le dossier, répète la secrétaire. Les deux actes de décès, le compte rendu des pompiers et le rapport de gendarmerie.

Elle s'est exprimée sur le ton de la confidence, bien que les différents papiers soient consultables par quiconque en fait la demande.

— Les documents portent tous la même signature, remarque Anna. Celui qui a constaté les décès, le chef des pompiers et le chef de la gendarmerie. Tout ça, c'est la même personne ?

— C'est le maire, avoue-t-elle. Le maire est le chef de la police et des pompiers dans sa ville. Dans une petite commune comme Kerloch, le maire est partout. C'était encore plus le cas à l'époque, ajoute-t-elle.

— C'est lui qu'il faut aller voir, je dis.

L'employée affiche une mine contrariée, où transparaît cependant une certaine ironie.

— Vous pouvez lui rendre visite, mais il ne vous apprendra rien. Il est mort depuis longtemps.

Son air espiègle interpelle Mylène :

— On dirait que vous n'avez pas eu beaucoup de peine ?

— Personne n'en a eu. Cet homme était une ordure.

18

Avant de quitter Kerloch, nous retournons au manoir mais trouvons à nouveau la grille fermée, nous n'osons pas l'ouvrir. Aucun moyen de distinguer quoi que ce soit du domaine.

Après l'incendie, le maire de l'époque s'est porté acquéreur de la ruine et l'a entièrement restaurée. Personne n'a cependant jamais été invité à admirer le résultat, qu'il vantait, paraît-il, à qui voulait l'entendre.

— Enfin si, il m'a invitée, a nuancé l'employée de mairie, tout à l'heure. Je crois que toutes les femmes du village y ont été conviées. J'ai toujours refusé. Peut-être que certaines ont accepté, mais elles ne l'ont jamais crié sur les toits.

L'homme avait commencé comme marin-pêcheur et était parvenu, à force d'un travail acharné et d'économies constantes, à armer le plus gros chalutier du port. Au bar du village, depuis longtemps, il savait se faire entendre. Après des années de débats, d'empoignades, parfois de bagarres, il avait fini par se présenter aux élections municipales et, à la surprise générale, avait été élu. Une fois en place, il avait su prendre deux ou trois décisions utiles à la collectivité. En coulisse, il avait trafiqué les marchés pour percevoir des commissions, négocié les permis de construire, les autorisations commerciales. Tout ce sur quoi il pouvait exercer son pouvoir finissait par lui rapporter quelque chose.

L'achat de la plus belle demeure du village avait représenté une consécration pour ce fils de personne devenu le seigneur de Kerloch. Il y a joué les châtelains libidineux jusqu'à sa mort, survenue sept ans plus tard. Le domaine a alors été racheté par un médecin, qui y vit encore.

Nous remontons à bord de la Mercedes, Anna au volant, Mylène à ses côtés. Je me mets à l'arrière en me répétant tout ce que la secrétaire de mairie nous a appris. Nous quittons la pointe de Lochrist, traversons Kerloch en sens inverse, arrivons bientôt sur la quatre-voies au bout de laquelle se trouve Paris. Durant les sept heures qui suivent, nous évoquons les certificats de décès de mes parents, nous nous demandons qui peut bien être l'auteur de cette dernière photo de l'album, si différente des autres : elle n'a pas été prise au château, elle est mal cadrée, elle ne présente pas d'intérêt. Nous comprenons maintenant pourquoi : ça n'est pas ma mère qui l'a prise. Par ailleurs, nous ruminons notre frustration de n'avoir pas pu voir le manoir. Comment pourrait-on s'y prendre ? Peut-être devrais-je contacter le propriétaire, lui expliquer, peut-être m'inviterait-il à le visiter ? La nuit tombe autour de nous, nous enveloppe. Nous arrivons à Paris vers 22 heures, morts de fatigue. Nous proposons à Mylène de se joindre à nous pour manger mais elle préfère se mettre vite au lit. Nous n'insistons pas et nous séparons sur le pas de la porte de l'appartement qu'elle nous prête, et dans lequel nous découvrons de la lumière en entrant. Anna déplore aussitôt que Laurie ne soit toujours pas couchée et veut aller la sermonner, mais c'est Laurie qui fait irruption dans le salon où nous nous trouvons, en train d'ôter nos vestes. Elle est pâle et cherche ses mots.

— Il faut que je vous montre un truc, parvient-elle à dire.

19

Nous suivons Laurie jusqu'au cagibi qu'elle s'est aménagé. Elle avance en se courbant, craintive. Arrivée devant la porte, Laurie me désigne du bras le bureau qu'elle s'est confectionné, et plus précisément l'ordinateur allumé qui s'y trouve. La photo me saute aux yeux, et je fonce sur elle sans en revenir.

Parmi tous ces sites Internet que Laurie visite, plusieurs me fascinent autant qu'elle. Certains ont trait à une passion qu'elle me fait partager : l'urbex, contraction d'exploration urbaine. Des photos prises dans des lieux oubliés sur lesquels le temps fait son effet. Je crois qu'au départ, l'urbex se pratiquait en ville et concernait les usines ou les bureaux désaffectés, ou bien les garages, les hôpitaux. Depuis, la pratique a gagné la campagne. Les règles sont les mêmes : ne rien détériorer, ne rien prendre de plus que des photos, et surtout, ne jamais dévoiler l'adresse du lieu visité, afin de le préserver le plus longtemps possible et le laisser dériver seul. On trouve des sites qui inventorient des demeures délabrées, qu'on nous fait visiter de cliché en cliché, ou bien d'anciennes fermes. Les plus célèbres de ces photos sont celles des maisons abandonnées un peu partout aux États-Unis suite à la crise des *subprimes* ; celles-là ont fait le tour du monde. Des passionnés d'urbex vivent sur les cinq continents. Certains parmi eux font de véritables photos d'art. Souvent, Laurie vient me voir pour m'en faire découvrir. Nous nous penchons alors sur un théâtre en décrépitude, les sièges recouverts de poussière, ou bien nous visitons les ruines d'un hôpital militaire, parfois nous pénétrons dans une usine dévastée par le temps.

Là, je ne suis pas en proie à la fascination. Il y a de la stupeur, de l'effroi, je crois devenir fou. Anna et Laurie n'en reviennent pas non plus, elles me touchent, me soutiennent. Laurie fait défiler les photos. La première montre une sorte de petit château fort au toit plat, une tour à chaque angle. La pierre et l'absence de toiture donnent à l'ensemble une impression de robustesse inébranlable, même si la plupart des carreaux des fenêtres sont cassés. Derrière, la falaise tombe à pic dans la mer. Les photos suivantes montrent l'intérieur de la maison. On voit des armoires monumentales aux portes fracassées d'où dépasse du linge, des enfilades dont on a sorti la vaisselle, qu'on a pulvérisée sur le carrelage. Au-dessus de la cheminée, le miroir du trumeau porte un gros éclat en plein centre. Le papier peint psychédélique se décolle par lais entiers. Un vélo aux pneus à plat dans la cuisine, un train électrique piétiné occupant une pièce entière. Les photos défilent, elles sont en ligne depuis six mois, Laurie les a vues dès leur publication. Cette immense cage à perroquet dans le salon l'avait frappée. Aucune indication supplémentaire n'est présente sur le site quant à la localisation du manoir. L'explorateur préserve l'anonymat du lieu, ainsi que son identité.

Il est de toute façon inutile de me révéler où ce manoir se trouve. Jusqu'à présent, il était dans un recoin de ma mémoire. Depuis quelques jours, il figure dans un album photo que détient la police et que je prenais pour un vestige échoué là par miracle. En vérité, ce manoir se trouve où il n'a jamais cessé d'être. Je le vois, il est là, sur l'écran, qui vieillit loin de tout. Nous sommes allés jusqu'à lui ce matin et ce soir, et nous nous sommes arrêtés à la grille en nous demandant ce qu'il y avait derrière. Nous avons la réponse : le manoir est intact. Il tombe juste un peu plus en ruine chaque jour. En vérité, rien n'a brûlé.

20

Nous n'avons pas voulu réveiller Mylène, qui a gardé les clés de la Mercedes. On a pris la moto.

Nous arrivons à Kerloch. La roche rougeoie au soleil levant. On pourrait croire que tout est fragile et s'effrite, quand cela paraissait immuable la veille. Le paysage sauvage et nos sept heures de route sur la Triumph nous donnent l'impression d'être au bout du monde, seuls, sonnés, les muscles endoloris, les oreilles bourdonnantes. Il fait frais. Traverser le village au ralenti est comme un atterrissage, seul le ronronnement de la moto trouble le silence alentour. On passe devant le bar-tabac dont l'enseigne s'allume, le buraliste ouvre ses portes. On roule quelques kilomètres, trois ou quatre, de quoi sortir du bourg pour se rapprocher du littoral. Le manoir est érigé sur une avancée de pierre surplombant la mer de tous côtés. Un haut mur en fait le tour, troué par un portail au travers duquel on ne distingue qu'une forêt vierge.

Quand j'aperçois le mur de pierre, je ralentis. Mes mains se crispent sur le guidon, celles d'Anna sur mes flancs. Au bout de ce chemin de sable traversant la forêt se trouve le portail, le manoir, mon passé. Nous avançons tous les deux sur la moto, gardant l'équilibre malgré le sol accidenté, et l'on finit par arriver au pied de cette grille immense. Nous nous sommes arrêtés là hier. Cette fois, nous l'ouvrons.

Dans ma mémoire, la bâtisse se tenait presque au bord du vide, avec la mer déchaînée en bas. En progressant sur ce chemin sinueux, je me rends compte de l'étendue du domaine. Plusieurs virages rendent le manoir invisible à l'œil du visiteur. Cette forêt autour de l'habitation garantit à ses occupants le plus profond silence, un isolement que seul le bruit des vagues interrompt, trente mètres plus bas. Je suis tendu de la pointe de mes pieds dans mes bottes à celle de mes mains dans mes gants, et je sens Anna se contracter d'un coup quand, au sortir d'un dernier virage, l'imposant manoir se dresse face à nous. Le château de mon enfance. Un salon de jardin se trouve sous un grand parasol déplié sur le toit. En bas, sur la droite, deux voitures garées. Plus loin sur la pelouse, un vélo d'enfant. Tout indique qu'une famille vit ici. Je coupe le moteur, nous sommes à une vingtaine de mètres du perron, au milieu d'une clairière. Il n'y a que nous deux, le manoir endormi et la mer. Je pose mes pieds sur le sol. Anna descend et enlève son casque. La porte s'ouvre, faisant apparaître un homme. Il tient deux malinois par le collier, qu'il fait asseoir d'un geste, sans un mot. Il a dans les 70 ans, porte une chemise trouée, un pantalon élimé, des sandales. Ses cheveux sont hirsutes. Dans la rue, je le prendrais peut-être pour un clochard. Ici, je lui trouve une certaine élégance. Quand il est à mi-chemin entre le manoir et nous, il s'arrête, les deux chiens derrière lui en alerte. Il fronce les sourcils. Nous sommes à contre-jour et je comprends qu'il ne nous voit pas clairement dans le soleil arasant. Il se déporte, met sa main en visière. Puis il mime le geste d'enlever le casque. Je m'exécute et me passe les doigts dans les cheveux, et tandis que je le regarde, débraillé, vieillissant, se dessine en moi une imparable théorie. Je m'apprête à la lui exposer, mais il ouvre la bouche en premier :

— Je n'en peux plus, de toutes ces visites, déplore-t-il froidement en levant son bras.

Les chiens se redressent.

Je n'ai pas le temps de lui dire que nous ne pratiquons pas l'urbex, qu'il fait erreur et que je viens de tout comprendre. L'homme rabat son bras d'un coup contre sa cuisse, et les deux malinois bondissent vers nous, tous crocs dehors.

21

Je saute sur Anna, on roule sur l'herbe ensemble et je la couvre de tout mon corps. L'homme ordonne je ne sais quoi et les deux malinois s'immobilisent. Nos souffles paniqués se mélangent aux leurs, agressifs et sauvages. Anna a la tête enfouie dans mon aisselle, elle serre mon blouson de toutes ses forces. Moi, je ne suis plus qu'une boule de terreur, les yeux fermés à m'en faire mal. Je sens la terre contre mes paumes, l'haleine des deux chiens si près de nous.

— Qui êtes-vous ? demande l'homme.

J'amorce un mouvement pour relever la tête, l'un des deux chiens aboie à quelques centimètres à peine de mon visage, que j'écrase contre le sol.

— Et qu'est-ce que vous voulez ?

Sa voix est lointaine, il marche autour de nous.

— J'ai grandi ici.

Je dis cela dans l'épaule d'Anna, qui frissonne sous moi. Le type ne m'entend pas, il me demande de parler distinctement mais dès que je relève la tête, un des deux chiens grogne juste au-dessus, et je me recroqueville.

Un silence s'ensuit. Il n'y a que le bruit de nos respirations saccadées, ainsi que celles des deux molosses, avec, au loin, le son des vagues. L'homme doit aller et venir, peut-être inspecte-t-il la moto, son immatriculation, ou simplement nos deux corps l'un sur l'autre, qu'il domine. Puis je l'entends me sommer de ne pas bouger, et je sens sa main se glisser dans ma poche déformée par mon téléphone. Il saisit l'appareil. Je l'imagine en train d'en explorer le contenu, les contacts, les photos, les messages. C'est exactement le cas. L'homme est même allé chercher un des sièges de jardin, s'y est installé, nos deux corps tremblant sous ses yeux. C'est ce que je découvre quand il nous dit soudain d'un ton pénétré :

— Relevez-vous, regardez-moi.

Il ajoute un mot à destination des deux chiens, qui reculent. Nous nous déplions doucement, le visage d'Anna est trempé de larmes. Elle est effrayée, en colère, et l'homme est là, tendu lui aussi, bien qu'assis. Il tient mon téléphone. Il me dévisage.

— Qui êtes-vous ? Que voulez-vous ?

— J'ai grandi ici.

— Et alors ?

Il est dur, il en veut plus. Il serre les dents, répète en détachant bien les syllabes :

— Que voulez-vous, tous ?

— Qui *tous* ? demande Anna.

Sa voix monte et les mots sortent vite.

— Qui *tous* ? Il n'y a que nous, nous deux, je suis sa femme. Il a vécu là quand il était enfant et on lui a fait croire que tout avait brûlé, c'est tout. Qui *tous* ?

— Et vous posez la même question : « Est-ce que tout a brûlé ? » C'était il y a plus de quarante ans, qu'est-ce que cela peut vous faire ? Qu'est-ce qui vous intéresse tant ?

Comme je n'ai toujours pas parlé, il m'interroge, mon téléphone dans sa main droite.

— Elle aussi a grandi ici ? me demande-t-il en le tournant vers moi.

Sur l'écran, je distingue le portrait-robot de la femme qui a apporté l'album photo au dépôt-vente.

— Elle est venue ici ? demande Anna.

Nous nous dévisageons tous les trois. Le propriétaire du manoir est assis dans son fauteuil de jardin, ses deux chiens toujours près de nous, aux aguets. Le silence est troublé par le bruit d'une porte qui s'ouvre, une jeune fille apparaît sur le perron. Elle marque une pause en nous apercevant, s'approche. Elle doit avoir à peu près l'âge de Laurie, elle sort du lit. Elle s'avance, nous salue d'une voix distante. Puis :

— Qu'est-ce qui se passe, papy ?

— Je l'ignore…

— Nous non plus, nous ne comprenons rien, intervient Anna. Mais nous pouvons vous dire ce que nous sommes venus faire ici et qui nous sommes. Et ça, vous pouvez le vérifier tout de suite.

— Ma chérie, s'il te plaît, fait l'homme en acquiesçant.

Il ne nous quitte pas des yeux.

— Ma chérie, va chercher ton ordinateur.

22

Le propriétaire des lieux nous fait face. Sa petite-fille a déplié un transat, sur lequel elle a pris place, un ordinateur portable sur les genoux. À l'énoncé de nos identités, elle cherche et trouve rapidement. Un article dans le journal de Créteil évoque un voyage scolaire à Londres, encadré par Anna et quelques collègues. Une photo la montre devant une de ces cabines téléphoniques emblématiques. Me concernant, un article dans *Le Montreuillois* a parlé de ma brocante il y a trois mois à peine, et la photo de moi sur ma Triumph m'a valu des railleries de la part de Gary. L'homme sait qui nous sommes, à présent. Il fait asseoir ses chiens. Il reprend mon téléphone, nous montre le portrait-robot de la femme, et répond enfin à la question d'Anna :

— Je lui ai ouvert il y a deux mois, oui. Elle voulait visiter, voir le parc, la falaise. Le manoir avait appartenu à une de ses connaissances. Elle m'a tendu sa carte, et j'ai accepté de lui faire faire le tour du propriétaire… Je me suis rendu compte après son départ qu'elle m'avait posé plusieurs questions sans en avoir l'air : tout avait-il brûlé ? À qui avais-je acheté ? Est-ce que je recevais parfois la visite d'anciens occupants ? Elle s'était montrée bien curieuse. J'ai ressorti sa carte.

— Catherine Dourdan, je dis.

— Qui est-ce ?

Il n'est plus soupçonneux. La présence de ses deux chiens contribue à le rendre maître de lui-même et de la situation, mais il n'y a pas que ça. Il veut réellement savoir qui est cette femme. Je lui raconte tout ce que je sais d'elle, son passage à Montreuil, ses dents blanches, Gary, puis l'album, et ma vie qui bascule.

— J'ai rappelé cette Catherine Dourdan, nous dit-il. J'ai voulu savoir ce qu'elle cherchait vraiment. Je ne sais pas ce qui m'avait paru étrange dans son comportement, je ne saurais toujours pas vous l'expliquer, mais, enfin, il y avait quelque chose.

Il réfléchit.

— Quelque chose de différent, résume-t-il, perplexe.

Il reprend :

— Le numéro n'était pas attribué. J'ai élargi mes recherches : les renseignements, Internet, les réseaux sociaux… Je ne l'ai pas retrouvée. J'ignore qui est cette femme, pourquoi elle se présente sous un faux nom, pourquoi elle est venue ici.

Sa petite-fille n'a pas cessé de pianoter sur son ordinateur depuis tout à l'heure. À ce moment de la conversation, elle intervient et tourne l'écran vers son grand-père :

— C'est elle ?

Anna et moi faisons un pas en avant, les chiens grognent aussitôt, leur maître les calme tout en se penchant vers ce que sa petite-fille lui montre.

— Non, pas du tout.

— C'est la seule Catherine Dourdan que j'aie trouvée, explique la gamine, sur le point de fermer son portable, mais je demande à voir.

Nous tombons nez à nez avec une jeune femme d'une trentaine d'années. Nous sommes sur le site d'un grand hôtel du 6e arrondissement de Paris, la jeune femme y est réceptionniste. Ses traits n'ont rien de commun avec ceux de notre visiteuse mystère. Ce n'est pas elle. L'adolescente est déçue, change de page, continue sa navigation.

— Depuis la visite de cette femme, avoue-t-il, je suis sur mes gardes. D'ordinaire, ici, tout est tranquille. Depuis quelque temps, ça n'est plus le cas.

Il y a deux jours, ses chiens ont aboyé tandis qu'il lisait à l'étage. De sa fenêtre, il a aperçu un homme, immobile entre les arbres du bosquet, les deux chiens le tenant en respect. Il tenait un téléphone à bout de bras et prenait la bâtisse en photo. Il est descendu en hâte, a demandé de loin à l'intrus ce qu'il désirait, sans obtenir de réponse.

— J'ai eu peur, confesse le châtelain. Cet homme qui me fixait sans un mot, cet air dur… J'ai pris peur. Je lui ai ordonné de partir. Il ne bougeait toujours pas. Alors j'ai lancé mes chiens.

Les deux malinois l'ont saisi, l'un au mollet, l'autre au poignet. Le type s'est débattu et a déguerpi à travers le bosquet. Il l'a poursuivi, accompagné des deux molosses, et a entendu le vrombissement d'une voiture. Quand il est arrivé en bordure du domaine, le visiteur avait démarré en trombe et disparu.

— Vous avez porté plainte ?

— Non. Je regrette même de l'avoir chassé.

— Pourquoi ?

— Je l'ai chassé sans raison, seulement par crainte. Je ne veux pas vivre comme ça.

— Comment était-il ?

— Il faisait peur, résume-t-il. Je dirais la trentaine. Assez musclé, athlétique, et les cheveux ras.

Je pense au cadavre dont j'ai photographié le visage à la morgue. Le châtelain l'a vu dans mon téléphone sans le reconnaître, ça n'est pas lui. Je ne sais pas qui sont ces types, ce qu'ils veulent. Ils sont dangereux, armés, ne reculent devant rien, quitte à y laisser la vie. Ils me l'ont prouvé.

23

— Est-ce qu'on peut entrer ?

Le propriétaire du château est interloqué. Je lui ai demandé cela d'un ton suppliant autant qu'autoritaire, de l'urgence dans la voix.

— C'est pour cette raison que nous avons fait toute cette route, ajoute Anna. Nous sommes tombés sur des photos sur Internet.

Je lui coupe la parole, je veux expliquer quelles déductions j'ai faites :

— Je vous ai dit que mes parents étaient morts ici dans un incendie.

Je veux être calme et didactique, je cherche son approbation et je la chercherai jusqu'à la fin de mon raisonnement.

— Hier soir, nous avons vu des photos sur Internet, des photos de l'intérieur de ce château, j'ai tout reconnu. On y voit le papier peint décollé, la peinture écaillée, et les meubles au milieu desquels j'ai grandi. Sur le coup, on a cru qu'aucun incendie n'avait eu lieu ici, et c'est pour vérifier que nous avons foncé jusque-là. Mais je crois que j'ai compris : il y a bien une dépendance, dans le parc ?

— Oui.

— C'est dans cette grange aménagée que se trouvaient mes parents, et c'est ce bâtiment qui a flambé. C'est là que le drame a eu lieu. Le manoir, lui, est intact. Et vous y vivez.

Il n'y a pas la moindre émotion sur ses traits.

— S'il vous plaît, monsieur, dis-je en forme de conclusion et le plus doucement possible. J'aimerais entrer. Ça fait quarante-deux ans que je crois que tout a brûlé, je voudrais revoir le salon, le vestibule, ma chambre...

Après m'avoir écouté attentivement, il me répond avec autant de douceur que celle dont j'ai fait preuve. On dirait qu'il se tient au chevet d'un malade. J'insiste. Bien sûr, ça ne résout pas les problèmes annexes, on ne sait pas qui est cette Catherine Dourdan, pas plus que cet homme qu'il a chassé, d'accord, mais enfin, une réponse au moins émerge de tout ce foutoir : rien n'a brûlé ce fameux soir. Du moins rien de ce que contenait le château. L'album photo n'a pas *mystérieusement survécu*.

— Vous sauriez retrouver le site en question ? demande-t-il à Anna.

— J'appelle ma fille.

Au téléphone, Laurie dicte l'adresse. L'adolescente la tape. Je la regarde pianoter et je crois discerner comme un stress sur ses traits, dont je connais la cause : c'est elle qui a mis ces photos en ligne. Elle s'est inventé une existence, veut faire croire à la terre entière qu'elle a mis la main sur un palais qui sombre, alors qu'il ne s'agit que du lieu de vie de son grand-père. Je suis sur le point de renoncer, de la préserver : que va dire le vieil homme en découvrant les clichés ? Mais j'ai trop souffert pour ne pas voir la vérité, quand je la sais derrière ces murs de pierre.

— C'est ça ?

C'est elle qui vient de parler, en nous montrant l'écran. On y voit le vestibule au parquet amoché – de grosses échardes en dépassent –, la naissance de l'escalier, le mur en arrondi derrière, dont la peinture ocre s'effrite, laissant apparaître du blanc ou du gris. Anna acquiesce et nous nous approchons. Le châtelain, lui, se concentre sur chacun des clichés, les imprime dans sa mémoire. Son flegme me désarçonne, tout comme celui de l'adolescente. Les photos défilent. Je n'y tiens plus, je les laisse là et marche soudain vers l'entrée. Les chiens se cabrent. Anna veut me retenir, l'homme fait asseoir les malinois et me laisse avancer comme un robot vers le perron qui m'appelle. Anna s'arrête. Peut-être a-t-elle déjà compris, ou bien veut-elle me laisser seul face à mes démons. Je gravis les marches deux à deux, tourne la poignée de l'énorme porte en chêne, que je pousse. C'est ouvert. Je pénètre à l'intérieur.

La clarté m'éblouit, la blancheur, toute cette lumière me saute aux yeux. Je m'immobilise après un mètre à peine, l'envie d'écarter les bras me prend tant j'ai l'impression d'avoir sauté dans le vide. Tout est blanc autour de moi, à l'exception du sol sur lequel mes pieds sont posés, ce sol est rouge sombre. Le reste est immaculé. Le grand escalier est là. Rien ne correspond aux photos du site. Je sens Anna et le propriétaire, ainsi que sa petite-fille, qui me regardent avancer. Je tourne sur moi-même, ouvre une porte au hasard. Elle donne sur un salon. Je n'ose y entrer mais passe la tête. Je vois de grands canapés bleus, une télé contre un mur et des DVD dans un meuble tout proche, une bibliothèque aux livres multicolores, des magazines sur la table basse. Je referme. Plus loin sur la gauche, il y a la cuisine, où ma mère chantait peut-être, je ne sais pas. Je me sens fragile. C'est fonctionnel, moderne, avec les ustensiles pendus le long du mur, une hotte en alu au centre. Devant moi, tout au fond, la double porte est grande ouverte et laisse apparaître ce qui n'existait pas quand je vivais ici. Une baie vitrée a été installée. On voit maintenant la mer dans un carré de deux mètres sur cinq au moins. Je m'approche. On ne distingue pas la moindre trace de vie humaine derrière ces vitres, pas une construction, pas même un fil électrique. Il n'y a que l'océan, l'herbe, la roche et le ciel. La mer scintille sous le soleil. Rien n'est plus conforme au décor de mon enfance. Rien ne ressemble aux photos de ce site tenu par je ne sais qui. Je fais face à l'horizon, je perçois dans mon dos des pas qui se rapprochent, ceux d'Anna, que je reconnais, ainsi que ceux du propriétaire.

— Je suis désolé, me dit-il. C'est bien ici que l'incendie a eu lieu. Tout a brûlé.

La main d'Anna cherche la mienne, je la lui donne, nos paumes se trouvent. Il continue :

— Le maire de Kerloch était l'ancien propriétaire. J'ai acheté à sa mort.

Je songe à cet infini qui peut-être inspirait mon père, à ma mère, à son reflex autour du cou. Combien de fois a-t-elle immortalisé ce paysage ? Je vois enfin ma tante, et j'entends le son sourd du cercueil qu'elle balance, les deux corps calcinés qui coulent à pic, le bruit du chalutier, la si forte odeur des flots, ses larmes dans le vent. Je me retourne. Le propriétaire des lieux est à un mètre.

— J'ignore d'où proviennent les photos que nous venons de voir, me dit-il. Ce qui est certain, c'est qu'elles n'ont pas été prises ici. Êtes-vous certain d'avoir grandi dans ce château ? Êtes-vous certain de ne pas vous tromper d'endroit ?

— Non, c'est ici, répond Anna. Son oncle et sa tante sont formels. Et nous avons vu les actes de décès de ses parents, le rapport de gendarmerie : manoir sur la pointe de Lochrist, à Kerloch. C'est là. C'est là qu'il a grandi et que ses parents sont morts.

— Il doit s'agir de vieilles photos, exhumées par je ne sais qui.

— Les photos de mon album montrent un château vivant et en très bon état. Celles du site font voir un château à l'abandon.

— Alors il s'agit d'une réplique, tranche-t-il.

Pour lui, c'est évident.

— Vos parents auraient eu deux maisons, deux manoirs, parfaitement identiques, les mêmes meubles, les mêmes objets, la copie conforme. Celui-ci a brûlé, et vos parents avec, et personne n'a jamais remis les pieds dans le second, qui est intact quelque part, en proie au temps qui passe.

— Où ? Et pourquoi ?

Je demande cela comme si j'étais certain qu'il aura les réponses mais sa moue témoigne de son impuissance.

— Je n'en sais rien, je n'en sais pas plus que vous. Ça n'est qu'une hypothèse. On dirait qu'il existe quelque part une copie du manoir de votre enfance.

La main d'Anna se contracte autour de la mienne.

— D'après les photos que nous avons vues sur ce site, elle donne sur la mer, continue l'homme. Et des maisons donnant sur la mer, en Bretagne, il y en a des milliers.

24

Ma tante joint les mains sur son visage, mon oncle pose un bras sur ses épaules. De l'autre main, il referme l'album photo. Nous sommes dans la cuisine de leur pavillon, à Fontenay-sous-Bois.

L'émotion m'a gagné à leur descente d'avion, quand je les ai aperçus dans le hall des arrivées à Orly, parmi la foule des voyageurs. J'étais de l'autre côté des barrières de sécurité, quand j'ai distingué, au milieu du serpent humain, la tête de mon oncle qui dépassait, toujours grand et fort malgré ses 73 ans, fatigué par les heures de vol, et heureux. Il était bronzé. À ses côtés se trouvait ma tante, le teint hâlé, elle aussi. Quand ils m'ont vu, leurs visages se sont illuminés. J'étais venu sans les prévenir. Ils progressaient lentement, traînant leurs valises, ils se sont tournés l'un vers l'autre, leurs lèvres ont bougé, et quand ils m'ont regardé à nouveau, ils n'étaient plus tranquilles.

— Qu'est-ce qu'il y a, Mat ? m'a demandé mon oncle avant d'avoir franchi les barrières, qu'est-ce qui s'est passé ?

Ma tante était muette, les yeux plissés de crainte.

— Tout a brûlé, j'ai dit. Il n'y a plus rien.

Et j'ai fondu en larmes dans leurs bras.

Devant l'album, ma tante s'effondre en revoyant son frère disparu dans les flammes. Je m'en veux. Mon oncle pose sa grande main à plat sur le velours de la couverture, verrouille le passé. Il pousse l'album vers moi, s'en tient à cela. Mais ma tante relève la tête, sèche ses larmes, et je reconnais la détermination dont elle est capable. Elle ne se laissera jamais faire. Elle renifle. Le calme regagne ses traits.

— Pardon, me dit-elle. Pardon, Mat. C'est de revoir mon frère... Je rêve de lui, parfois. Quand je me réveille, j'ai de la peine mais je suis heureuse qu'il soit passé me dire bonjour.

La grande main de Raymond est toujours posée sur la couverture. Elle lui saisit le poignet, lève son avant-bras, prend l'album. Il se laisse faire. Elle le rouvre, se replonge dans ces clichés vieux de plus de quarante ans. Elle ne tremble plus, contemple. Mon oncle est troublé, ses yeux vont et viennent, il me lance un sourire triste. Quand elle arrive à la dernière page, elle fixe cette Mercedes bleue, dont je leur ai parlé. Mon oncle la guette, le regard en biais. Il n'y a plus d'émotion sur le visage de ma tante, plus de curiosité non plus, cette voiture ne la passionne guère, et c'est tout.

— Ça fait plaisir de revoir le château, tes parents... Et toi, tout petit.

Je sais qu'il est inutile que je pose d'autres questions. Elle vient de clore le sujet, elle referme l'album. Pour elle, il n'y a plus ni mystère ni incohérence. Le pont-levis vient de se refermer.

— L'Égypte, c'était magnifique, lance-t-elle avec enthousiasme. Nous aussi, on a pris des photos.

Je sais ce que pense Raymond. Il croit que je vais bondir, la secouer, il m'est arrivé d'entrer dans des rages folles face à l'obstruction dont elle est capable. Mais

Raymond se trompe. Ce soir, je l'envierais presque. Pour elle, tout est limpide, même en l'absence de réponse. Mieux : s'il n'y a pas de réponse, c'est qu'il n'y a plus de question. Je suis certain qu'elle a déjà oublié la date de sortie de cette Mercedes bleue. Si la question lui est posée un jour, elle répondra qu'elle n'en sait rien, et elle sera sincère. Elle *est* sincère. Elle a perdu la personne qu'elle aimait le plus au monde et ne s'en est jamais remise, je crois que tout part de là. Peut-être est-ce pour cette raison que la secrétaire bilingue qu'elle était n'a plus fait que vendre des fruits et légumes dans le froid. Quelque chose s'était cassé. Comment était-elle avant ? Et moi, quelles bizarreries, quelles absurdités ai-je construites dans ma cervelle pour survivre ? Raymond lui caresse la joue.

— Je suis fatiguée. Je vais aller me coucher. On te montrera les photos de la croisière plus tard, Mat, d'accord ? Tu viendras avec Anna et Laurie, vous allez voir, c'est superbe.

Raymond opine. Il se force, je le sens. Le voyage lui a plu, oui, mais dans le regard que nous échangeons, il y a bien autre chose. Il y a de la crainte et des centaines de questions.

— Demain, on va voir la maison sur l'île Sainte-Catherine ? suggère-t-il. Tous les deux ?

Je réponds d'un hochement de tête. Ma tante est debout, elle bâille en marchant vers leur chambre. Sûr qu'elle n'a même pas entendu la question.

25

Gary m'écoute, plus concentré encore que d'ordinaire. Nous allons bientôt ouvrir, il est l'heure, mais il veut tout savoir. Ses paupières frémissent à mesure que mes paroles lui parviennent. Nous sommes au milieu du hangar, sous le grand lustre à pampilles. Rien n'a bougé depuis bientôt quinze jours, plus rien ne se passe. Un album photo rescapé des flammes est arrivé sous mes yeux par miracle, mon dépôt-vente s'est fait éventrer, ma maison a brûlé, un des deux incendiaires a été abattu lors de sa fuite. Un ouragan a dévasté ma vie et, depuis, plus un bruit, plus un souffle et plus rien de certain. Nous continuons de nous méfier de tout, je crois avoir été suivi il y a quelques jours, je me suis retourné d'un coup, j'étais seul au milieu de la rue. Gary, lui, est certain de s'être trouvé nez à nez avec le second incendiaire, un matin, en arrivant au dépôt-vente. Il était avec trois de ses cousins, à bord de sa voiture. Le type les a regardés passer et a déguerpi avant qu'ils aient eu le temps de s'extraire de l'habitacle.

— De toute façon, répète-t-il, il y a seulement deux raisons. Pour tout, pour tout ce qu'on fait.

Gary a le don de résumer la vie à coups de formules au français brinquebalant. Un jour, il a cerné en quelques mots ce qui nous différencierait toujours :

— Toi, tu doutes. Pas moi.

C'est vrai. Gary ne doute pas. Gary a des principes définitifs, sur lesquels il a bâti son existence. Il n'est pas obtus, pas intolérant non plus. Il accepte qu'on ne pense pas comme lui, qu'on ne croie pas aux mêmes choses. Mais il suit un chemin dont rien ni personne ne peut le détourner, et dont lui seul connaît le tracé.

— Il n'y a que deux mobiles, tranche-t-il. L'amour ou l'argent.

L'amour et l'argent. Les deux seules forces guidant le monde. Je crois qu'il a raison mais je n'entrevois rien. Je bute sur ces deux mots, derrière lesquels se trouve la solution. L'argent ? Un château ravagé par le feu, une assurance en ligne de mire ? Le maire de l'époque, commanditaire de l'incendie, puisqu'il est celui qui a racheté la ruine ? Une plus-value immobilière emportant au passage la vie de deux de ses administrés ? Aujourd'hui, un témoin veut rétablir la vérité ? Ou bien l'amour ? Entre qui et qui ? Un crime passionnel, un amant quelque part, fou d'avoir été éconduit, ou bien une maîtresse si jalouse qu'elle embrase un soir le manoir pour que son amoureux périsse, ainsi que sa femme ? J'ai envisagé cent fois tout cela. J'erre dans les brumes du Finistère et n'y croise que des fantômes. Même Gary, ce matin, ne m'est d'aucun secours.

— Catherine Dourdan, elle veut que tu saches.

Il me laisse acquiescer.

— Elle, elle connaît la vérité. Et elle veut te la dire.

Bien sûr qu'elle sait. Bien sûr, que l'album photo ne m'est pas parvenu par hasard, j'ai compris. Mais pourquoi ne vient-elle pas me parler, alors ?

— Et les autres, continue-t-il, les deux rasés, ils veulent que tu saches pas.

J'ai appelé Dagan, je lui ai raconté notre passage à Kerloch, dans le château de mon enfance. Quand j'ai évoqué les précédentes visites qu'avait reçues le propriétaire, dont celle d'un gars à la mine patibulaire, le flic a répondu en soupirant que les recherches sur l'identité de l'incendiaire de ma maison allaient être stoppées.

— Ça coûte une fortune, a-t-il expliqué. Remuer ciel et terre pour identifier un voyou mort, ça ne fait pas vraiment partie des priorités, il faut comprendre. On n'a pas découvert grand-chose. Il s'est fait soigner une dent dans un pays du Nord, c'est tout.

— Pardon ?

— Le plombage d'une de ses molaires. C'est une résine spéciale. Une résine qu'on trouve en Europe du Nord. Le type qui a mis le feu à votre maison mangeait trop de sucreries, avait déjà pris l'avion, ou bien le bateau, et sera enterré sans qu'on sache qui il était ni ce qu'il voulait.

Voilà comment ça s'est terminé pour lui. Depuis, son corps gît quelque part parmi d'autres inconnus dont les proches ignorent qu'ils sont là et continuent peut-être de les chercher. Dagan travaille sur plusieurs dossiers à la fois, certains sont plus urgents que le mien, il se désole de ne pas pouvoir aller plus vite, avant de raccrocher.

Anna assure ses cours, se rend au lycée chaque matin, corrige ses copies, s'enquiert du programme au cinéma, se fait belle, se maquille en sous-vêtements, me glisse un clin d'œil dans le miroir en se cambrant, fredonne un air qu'elle aime. Anna me ramène à la surface. Depuis une semaine, Laurie est chez son père, et l'appartement de Mylène paraît encore plus vaste. Dans les premiers temps, je suis retourné presque tous les jours sur l'île

Sainte-Catherine. J'arrêtais la Triumph sur le pont. Je voyais comme un trou noir au milieu de la verdure. Autour, rien n'a bougé. Il n'y a que chez nous, que tout est parti. Je repartais en me forçant à ne pas accélérer trop fort, à rester maître de moi. Parfois, j'allais jusque chez nous. La maison calcinée est cernée de barrières de sécurité. Je les ai enjambées une fois, j'ai parcouru la ruine. Il reste des détails dont on se demande pourquoi ils n'ont pas brûlé comme tout le reste, un bout de cahier, un morceau de stylo. J'ai trouvé une bague noire, que j'ai frottée contre ma cuisse, elle est ternie à jamais, mais elle a retrouvé l'annulaire d'Anna puisque je la lui ai rendue le soir. L'émotion nous a gagnés, nous avons fait l'amour. Je m'y suis rendu avec Raymond le lendemain de leur retour d'Égypte. Ma tante n'a pas voulu voir ça. Je ne sais pas si Raymond lui a raconté le soir. On a marché de pièce en pièce, il était sans voix. De tout notre travail, il ne reste plus rien. Ça ne sentait plus la sciure, la peinture ou notre sueur dans l'effort, mais la suie, l'humidité, la cendre. À tout cela se mêlait l'odeur de la Marne qui pénètre par les ouvertures.

Mes visites sur l'île Sainte-Catherine se font plus espacées. Il m'arrive encore de songer à ma maison, sidéré. Je suis sonné comme si l'incendie venait de se produire. La digestion est lente, douloureuse, mais elle a lieu, et je vois poindre le bout, quoique lointain, du tunnel dans lequel je me trouve : une expertise est prévue, elle sera longue, contestable, puis contestée, contre-expertisée, il y aura des recommandés, des insultes et peut-être un procès, mais les choses vont bouger, cela frémit déjà. L'assureur est passé me voir, il me promet de faire de son mieux, nous nous sommes quittés là-dessus. On verra. Je me rends compte que la vie revient. Et c'est cela, aujourd'hui, qui m'est insupportable. Je me cabre parfois, je me réveille en sursaut, je sors de la léthargie qui nous guette et comprends que tout marche de cette façon : on s'habitue. Il faut un mental d'acier pour ne pas ployer sous le silence et l'immobilité, pour garder à l'esprit que tout cela n'est pas normal, non, que ça ne peut pas fonctionner ainsi, que l'on n'est pas d'accord. Je songe aux captifs et je les salue de loin, les prisonniers, les otages, les malades, je comprends le combat qu'ils mènent. Ne pas se laisser faire, ne pas se laisser aller. Ne pas oublier.

Quelqu'un sait.

Une femme, dont le portrait se trouve dans ma poche revolver. Où est-elle ? Qui est-elle ? Pourquoi se cache-t-elle ?

Gary m'a imposé son aide :

— Des Catherine Dourdan, il y en a peut-être plusieurs en France et en Suisse et en Belgique. Moi je dis, il faut les trouver toutes, et toutes les voir.

J'attendais la suite.

— Pour mettre ça en place, la police, elle met des semaines. Moi, j'ai de la famille partout. Je dis à mes cousins : « Vous trouvez toutes les Catherine Dourdan, et vous faites des photos chaque fois. » Ils nous les envoient. Nous deux, on voit si on la reconnaît.

— Mais…, ai-je commencé en balbutiant.

Il m'a coupé net.

— Non. On sait pas. Faux numéro de téléphone, fausse carte d'identité, ça veut pas dire faux nom. Pas sûr. Alors on va faire ça.

Et quelque part existe une copie du manoir dans lequel j'ai grandi. J'ai envoyé un e-mail au propriétaire du site d'urbex afin qu'il me dise où ces photos ont été prises, j'ai proposé de le payer. Le gars a refusé et, depuis, ne répond plus. Ça me rend dingue. Je n'ai pas d'autre solution que de chercher moi-même. Alors je pars en Bretagne. Seul, et c'est la première fois, hormis ma fugue avortée à 10 ans. Anna ne peut pas m'accompagner, elle surveille les épreuves du bac. Il est 5 heures du matin, le jour se lève sur Paris, et elle me regarde partir. Je ferme mon blouson de cuir, un petit sac est accroché sur le porte-bagages, et je démarre la Triumph. Dans la poche intérieure se trouvent une sélection de photos capturées sur le site d'urbex, que j'ai imprimées. Sur certaines, à travers les fenêtres, on discerne la mer, la découpe d'un rocher, la courbure des arbres. C'est une aiguille dans une botte de foin, je le sais, mais c'est mon unique piste. Je vais arpenter la côte et questionner tout le monde, sans jamais me lasser.

« Avez-vous une idée de l'endroit d'où ont pu être prises ces photos ? Reconnaissez-vous quelque chose ? »

26

Je suis dans le sud du Finistère, bien loin de Kerloch et de la pointe de Lochrist, à présent. J'ai commencé là-bas, bien sûr, interpellant chaque passant, mes photos à bout de bras. Sur la place du marché, à Camaret, quelques vieux m'ont évité. D'autres, au contraire, sont venus à ma rencontre. Le garde champêtre, intrigué par l'agitation, m'a accosté. Il bombait le torse, les pouces dans la ceinture à la manière d'un cow-boy.

— Je peux vous aider, monsieur ?

Il m'a demandé ça comme quand, au dépôt-vente, je m'adresse à des gars dont je me méfie. La plupart du temps, cela suffit à leur faire comprendre que je les ai repérés, ils s'en vont sans toucher à rien. Moi, je n'ai pas quitté la place. J'ai demandé son aide à cet agent sans m'occuper des soupçons qu'il avait. Il s'est penché sur mes clichés, n'a rien reconnu de plus que les habitants que j'avais déjà interrogés, et a réfléchi quelques instants à la façon de me pousser hors de la ville.

— Il n'y a qu'une solution à votre problème, a-t-il conclu. Prendre le sentier côtier. Avec le sentier côtier, vous longez la mer jusqu'en Espagne. Les maisons qui donnent sur l'océan, vous les voyez toutes.

J'ai pris conscience du temps qui me serait nécessaire pour parcourir un tel chemin, le tout en scrutant une à une les habitations que je longerais. C'était impossible.

— Sans compter qu'il n'y a pas que la côte, a ajouté l'homme, empli de son importance. La Bretagne, c'est le continent, mais c'est aussi les îles.

Il a haussé les épaules, fier de sa trouvaille.

— Qui vous dit que ça n'est pas à Belle-Île ou à Bréhat ? Ou à Ouessant ? Ou…

Je l'ai planté au milieu de son énumération et me suis éloigné. Cet homme a raison. Les clichés peuvent provenir de n'importe où, y compris d'une île. Ou d'une autre région, pourquoi pas d'un pays étranger ? Je cherche sur une plage un grain de sable plus noir que les autres. Raymond et ma tante n'ont pas connaissance d'une quelconque copie du manoir de mon enfance, que mes parents auraient possédé à l'époque.

« Mais pourquoi pas, avait soufflé mon oncle avec fatalisme. Ils en étaient capables, les deux artistes. »

Ma tante avait poussé un soupir. Mon oncle avait levé son index en tenant à faire une précision : « Tu sais, on a pris l'habitude de dire qu'ils étaient peintre et photographe, mais il faut quand même avouer que ton père ne peignait presque rien. Et ta mère, elle faisait des photos, oui, ça l'amusait. Mais je ne sais pas si on peut dire qu'elle était photographe. »

Moi, je ne sais pas ce que peignait mon père, et les seules œuvres de ma mère sont dans un bureau du commissariat de Créteil. Alors je m'accroche à ce second château où les œuvres seraient intactes, quoique usées par le temps. L'idée de ce manoir en double m'obsède et guide mes pas le long de la côte depuis maintenant quatre jours. À présent, je ne m'adresse plus qu'à quelques promeneurs. Les gens, ici, vivent au grand air et savent tout du paysage qui les entoure. Le soir, je dors dans un hôtel au hasard et mange seul face au large. Je marche dans le sable, les mains dans les poches, souvent j'appelle Anna, ou bien elle me devance. Elle me manque, mais la solitude me fait du bien. Je pourrais penser que je cours d'échec en échec, mais je ne le vis pas comme ça. Je progresse. Je raye de la carte des petits morceaux de côte, que j'empile dans ma mémoire. Je resserre l'étau autour de ce qui contient, j'en suis certain, la solution. Je sens dans la voix d'Anna qu'elle commence à s'en faire pour moi. La tâche est immense, combien de temps me faudra-t-il ? Elle a raison, mais je ne veux pas abandonner si tôt. Je veux trouver ce château, et comprendre.

Rien n'a bougé à l'entrepôt depuis mon départ, Mylène me tient informé de la recette tous les soirs, et Gary m'envoie à intervalles réguliers les photos des nouvelles acquisitions sur mon téléphone : une trompette, un landau, des souliers… J'ai tout mon temps. J'arpente la côte. Je suis dans les environs de Concarneau. Depuis le début de mon périple, on a formellement identifié trois fois l'endroit que je recherche. Trois fausses pistes. Chaque fois, je me suis retrouvé dans le jardin d'habitations bien différentes du manoir de Lochrist. Me penchant aux carreaux, j'ai constaté qu'aucun intérieur non plus n'avait quoi que ce soit de commun avec les clichés que je fixe en ce moment même.

Je les regarde, car une femme, il y a une petite heure, a, elle aussi, reconnu tout à fait la forme des rochers, cette vue si caractéristique. Elle en était certaine.

— C'est la pointe de Trévignon, m'a-t-elle assuré. C'est au bout de Trégunc. C'est là-bas.

J'y suis, sur cette pointe. J'ai roulé jusqu'à elle comme si je m'étais approché d'un piège. Je me suis arrêté sur le bord, il n'y a plus de végétation autour, que cette route au bout de laquelle se tient une bâtisse dont je ne peux détourner mon attention. Son architecture est tourmentée et bien différente du manoir de Lochrist, mais il est impossible de ne pas voir dans les deux bâtiments une même inspiration. On dirait deux frères qui, même s'ils ne se ressemblent pas vraiment, ont en commun tout ce qui les fait. Le château au toit plat se tient là, immuable, dans un paysage qui ressemble à l'Écosse. Il semble en parfait état, vu d'ici, et cela ne me surprend pas. Il est conçu pour résister mille ans aux vents et marées du secteur. Je vais remettre le contact, et m'en approcher. Je vais me pencher aux vitres, ma main en visière, en faire le tour et y pénétrer. Ici se tient la réponse à la question que je me répète inlassablement depuis quatre jours, je le sais déjà.

27

Laurie nous l'a rappelé aussitôt sa valise posée dans l'entrée, chez Mylène, et j'ai poussé un long soupir. J'avais oublié ma promesse. Une guinguette. Et en métro sinon rien. Et vu le nombre de fois où le sujet est revenu sur la table ensuite, on a décidé d'y aller dès que possible. À savoir aujourd'hui. Laurie s'est mise à rayonner. Anna également. Donc, moi, un peu aussi, malgré le poids que je continue de porter. Depuis mon retour de Bretagne, je suis un somnambule. Je me rends à l'entrepôt le matin, où Gary me dévisage. Mylène se laisse aller à me poser la main sur l'épaule en me demandant si tout va bien. J'ouvre, je prends des objets en dépôt, je fixe le portrait-robot de Catherine Dourdan sur mon téléphone. Je vends un vinyle ou une cave à liqueur, je mange un sandwich sans parler, je regarde le château de Trévignon sur Internet. Je balaye. J'ai même intercepté un faux billet rien qu'au toucher, ce qu'a confirmé le détecteur. Ça va. Je travaille.

Ce soir, grâce au rire de Laurie, ça va pour de vrai. Elle est hilare. Pourtant, ce que je lui raconte n'a rien de drôle. Laurie a ce don, comme Anna, de prendre les choses, les gens et la vie, dans un sens qui m'échappe, et qui n'est après tout pas le pire. Voir cette petite fille de bientôt ma taille s'élancer sur le parquet de la guinguette de plein air en dansant le twist parmi les couples de valseurs m'a, dès notre arrivée, amusé. Au fond, l'orchestre d'une quinzaine de musiciens jouait un mambo bordélique sous les guirlandes multicolores. Sur le terrain descendant en pente douce vers la Marne, étaient disposées des tables dépareillées cernées de chaises qui l'étaient tout autant, et sur lesquelles des bougies avaient été allumées. La nuit s'annonçait et, déjà, ça rigolait un peu fort à quelques tables et près du bar.

À présent, il y a du bruit partout. Il est bientôt minuit. Devant nous, sont posés nos verres, une bouteille de vin presque vide et nos desserts : Laurie a choisi une majestueuse coupe de glace, servie dans une pirogue aux couleurs chatoyantes et débordant de chantilly dans laquelle des ombrelles et des feux d'artifice tenaient comme par miracle. La pirogue est à présent dévastée, la crème qui subsiste a fondu et forme une flaque au fond de l'embarcation. Anna a pris une coupe de fruits frais dont il ne reste rien, et moi, un cognac dont il ne reste rien non plus, si ce n'est l'envie d'en commander un autre. Je suis un peu saoul, mes nerfs lâchent. Enfin. J'ai l'impression qu'une poche se perce, voilà l'effet combiné de l'alcool et du rire de Laurie. Elle ne se lasse pas de l'épisode qu'elle me demande de lui répéter, alors je m'exécute. Je commence à m'en amuser aussi. La légèreté qui me guette ne sera que passagère, alors je m'y abandonne et la savoure. Anna m'écoute et rigole de plus en plus.

Je me suis approché du château de Trévignon au ralenti et j'ai contourné la bâtisse afin de garer la Triumph à l'abri. J'étais seul, et pas un bruit ne me parvenait, mais je voulais prendre cette précaution. À l'arrière, il y avait la mer à perte de vue, les rochers découpés donnant au nord sur Concarneau, au sud sur Lorient. L'eau était limpide et une petite plage, juste là, s'offrait à mon regard. Quand j'ai raconté pour la première fois à Laurie mon arrivée là-bas, elle était suspendue à mes lèvres, et j'articulais lentement. À présent, elle termine parfois une de mes phrases en pouffant, avant de se ressaisir et de s'excuser mais le rire la reprend, et ceux d'Anna et moi le suivent. Il est tard.

J'ai posé une main à plat contre la pierre, comme pour en sentir battre le cœur et l'apprivoiser. J'ai longé le château sans décoller ma paume du mur. À la première fenêtre, je me suis penché mais n'ai vu qu'un rideau rouge sombre. Même chose aux deux suivantes, dont j'examinais chaque angle sans plus de succès. L'épais velours obstruait tout. Je savais ce qu'il y avait derrière, je connaissais le papier peint, les meubles et l'arrondi de l'escalier, et je frissonnais en réalisant que quelqu'un s'était forcément introduit ici, ne serait-ce que la personne ayant pris les photos présentes sur ce fameux site. Quelqu'un avait forcé la porte, ou bien une fenêtre. Et qui dit qu'il n'avait pas tout dérobé ensuite ? Et si je découvrais un manoir vide, conforme à mes souvenirs, mais dans lequel tout avait été volé ? Et si j'arrivais trop tard ?

J'ai crocheté des serrures, il y a longtemps. Je sais comment faire. Je me suis introduit dans quelques maisons qui n'étaient pas les miennes et en suis ressorti les bras chargés. Je connais. Mais là, c'était différent. J'étais aux portes de mon enfance, désarmé. J'ai frappé. Contre toute attente, la porte s'est ouverte. Je suis resté pantois devant un homme d'environ 30 ans, alerte, qui ne se méfiait pas. Il avait la peau brunie par le soleil, des yeux clairs et des cheveux blonds. Il a répété son bonjour et j'ai enfin parlé :

« J'ai quelques photos sur moi. Je crois qu'elles ont été prises ici.

« — Ah oui ? Faites voir ? »

Il était enjoué, curieux.

« Vous voulez entrer ? »

J'ai refusé, je préférais attendre. Je voulais être certain de ne pas me tromper et commençais à douter. Je lui ai tendu les clichés, qu'il a dépliés avec soin avant de les examiner. Il a fait « non » de la tête aussitôt, sans parler, tout en continuant. Il est revenu en arrière. Il a repris son passage en revue et un rictus s'est dessiné sur son visage. Quand il a eu terminé, il a relevé les yeux vers moi et m'a tendu le paquet d'images.

« C'est amusant », a-t-il conclu.

Il trouvait réellement cela divertissant.

« Mais ça n'est pas parfait ! » a-t-il ajouté avec malice.

Il me parlait comme si j'avais voulu lui tendre un piège et qu'il s'était montré beau joueur. Il a vu à ma mine que je ne comprenais pas.

« Vous voulez dire… Vous étiez sérieux ? » a-t-il demandé.

« Oui », j'ai fait, incrédule.

Il m'a repris les photos des mains.

« Je pense qu'il ne s'agit pas d'une vraie maison. »

Et me montrant les deux ou trois premières, il a admis que, oui, tout cela était réaliste, mais que, sur celles où l'on distinguait la mer par les fenêtres, un détail ne collait pas.

« Vous voyez, m'a-t-il fait remarquer. Là. Et là. »

La surface de l'eau n'était pas parfaitement horizontale.

« La mer est de travers, a-t-il dit. Et ça, c'est impossible. Alors il se pourrait que la maison penche. Mais il y a le lustre qui pend au bout d'une chaîne. Même chose pour la lampe dans la chambre, ce fil électrique descendant du plafond. Les luminaires ne sont pas en biais, eux. Donc, la maison est bien droite.

« Donc, la mer est de travers, j'ai conclu sans y croire.

« Oui. Donc, ça n'est pas une maison : c'est une maquette. »

Quand je dis « maquette », Laurie écarquille à nouveau les yeux, son rire claque dans la nuit et nous emmène avec.

— Une maquette ! répète-t-elle en détachant bien les syllabes. Une maquette de maison ! Le truc débile. Et on n'a rien vu. Et toi, tu pars en Bretagne en cherchant dans tous les coins, tu interroges les gens ! Et le gars, il voit ça en deux secondes.

Elle ne s'en remet pas. À vrai dire, moi non plus, tout comme Anna. Comment a-t-on pu passer à côté ? À présent, je ne vois plus que cela. La mer penche sur la droite. On dirait même qu'elle est sur le point de se briser vers le centre. C'est grotesque.

« Je suis skipper, m'a expliqué le jeune homme. La mer, c'est ce que je regarde en premier. »

Laurie est en pleine forme et sa joie est communicative, son insouciance aussi. Je lève le bras et commande un cognac. Quand le serveur me l'apporte, l'orchestre entame un vieux morceau de soul archi connu qu'il reprend à sa sauce. On dirait *Mustang Sally* mais ce n'est pas ça, je ne sais plus. Un cognac encore pendant qu'Anna et Laurie se lèvent et se déhanchent en riant jusqu'au parquet. Place aux danseuses. Je réchauffe mon verre comme un fin connaisseur, les papilles anesthésiées depuis un bail. Je vois Laurie, longue tige pleine de vie, qui ondule en piétinant, maladroite et heureuse, et Anna, galbée dans sa robe noire, les mains levées devant elle, qu'elle agite en cadence. Elles se font face, s'amusent, et je me dis ce soir que je dois tout à ces deux femmes. Sans elles, j'aurais explosé en vol. Je gueule « Je vous aime » dans leur direction, j'ai sans doute l'air d'un ivrogne. Je m'en fous. Une maquette. Tandis que je porte le verre à ma bouche, mon portable frémit dans ma poche, mais je ne m'en rends pas compte. J'ai trop bu pour que les vibrations me troublent. Tant mieux. Le SMS que je reçois, si je le lisais maintenant, me ferait dessaouler d'un coup.

28

Ce SMS, je le lis parmi les brumes du réveil et celles, plus opaques, d'une horrible gueule de bois. J'ai mal partout. Anna est déjà levée, je l'entends sous la douche. Laurie dort, c'est certain, et n'émergera pas avant midi. On est dimanche. Je me remémore notre retour, hier soir. Laurie nous a fait courir pour attraper le dernier métro, je freinais pour le louper et appeler un taxi, mais on l'a eu. On est rentrés parmi les traînards, il y a même eu du grabuge dans un couloir derrière nous, une bagarre.

Je saisis mon téléphone posé au pied du lit, et constate qu'il n'est pas 8 heures. En haut de l'écran clignote une enveloppe, sur laquelle j'appuie. Date d'envoi : 00 h 43. Je n'ai rien senti, rien entendu non plus. Le nom de l'expéditeur apparaît : Gary. Je me redresse aussitôt dans les draps. Le SMS s'affiche alors et je me rue vers la salle de bains, j'y trouve Anna, qui se passe de la crème sur le corps. Elle ne porte qu'une serviette nouée sur la tête, un pied sur le tabouret, et m'accueille avec un clin d'œil. Je suis nu et probablement livide.

— Ils ont retrouvé Catherine Dourdan.

Les cousins de Gary sont disciplinés. Sous sa houlette, ils ont commencé par consulter les annuaires français, suisse et belge afin de repérer tous les Dourdan. Les appeler un à un. Et leur poser cette question simple :

— Y a-t-il une Catherine dans votre famille ?

Établir la liste des quelques Catherine Dourdan présentes sur ces trois territoires francophones. Tenter, quand c'est possible, d'en obtenir l'adresse, au moins le nom des villes dans lesquelles elles résident. Et aller voir en face ces Catherine Dourdan. Les photographier sous plusieurs angles à leur insu. Transmettre les clichés à Gary, qui, accompagné de Mylène, les examine attentivement. Objectif : étudier si l'une d'elles est celle qu'on recherche. Un travail de fourmi qui, de surcroît, ne présentait pas le moindre intérêt selon moi. Marc Dagan me l'avait dit : la carte d'identité était fausse. À quoi bon, partant de là, chercher quoi que ce soit de vrai là-dedans ?

Mais Gary est capable de nier l'évidence et de s'obstiner comme personne. Gary ne change pas de cap avant d'avoir épuisé la totalité des possibilités, même la plus infime.

Lui et ses cousins ont passé des centaines de coups de fil, cela leur a pris des jours. Ils ont identifié huit homonymes. La première vit près de Lausanne. Les sept autres se trouvent en France, une dans le Nord, une autre en Bretagne, deux à Paris. Les trois dernières habitent vers le Sud, l'une au pied des Pyrénées, les deux autres sur la Côte d'Azur, précisément à Nice et Sainte-Maxime. Les différents clichés s'étalent sous nos yeux. J'ai posé mon téléphone au centre de la mosaïque, le portrait-robot à l'écran. Nous sommes dans le nord de Montreuil, on a foncé là tout de suite.

— Je ne la vois pas, dis-je à Gary. C'est laquelle ?

Nous sommes dans sa caravane. Sa mère nous a préparé du café, puis nous a laissés tous les trois.

Gary tend le doigt vers une des photos, le pose au milieu du front de la jeune femme qui s'y trouve. Nous nous penchons dessus, incrédules. Je cherche. Je connais pourtant ce visage.

Ils leur ont rendu visite, sont tombés sur des femmes de tous âges et de toutes origines. Les photos le prouvent. Mais la logique de Gary les guidait : on ne sait rien, on ne doit se fier à rien. Ils les ont toutes photographiées, oui, mais ont poussé leurs investigations plus loin en leur demandant, à chacune, si elles s'appelaient Catherine Martine Isabelle Dourdan, et si elles étaient nées à Lyon le 16 février 1971. En Suisse, la septuagénaire a pris la question comme un compliment manquant un peu de finesse, et l'a fait savoir à l'apprenti détective. Même chose à Nice, où la retraitée concernée s'est fendue d'une moue faussement candide pour toute réponse. Les autres ont juste répondu par la négative. La seule à avoir sursauté, avant de se montrer méfiante, puis agressive, est celle que Gary désigne. Catherine Dourdan. Elle vit seule à Paris. Elle est réceptionniste de nuit dans un grand hôtel du 6e arrondissement. C'est là que nous l'avons vue : la petite-fille du châtelain de Kerloch nous l'a montrée sur l'écran de son ordinateur, dans le jardin du manoir, cherchant une Catherine Dourdan sur la Toile.

Cet hôtel, un des cousins de Gary y est entré, en prenant soin de bien s'essuyer les pieds. Il a traversé le hall, elle le laissait venir depuis son comptoir d'accueil. L'employée se tenait droite dans son uniforme, un foulard noué autour du cou à la manière d'une hôtesse de l'air. Il l'avait déjà photographiée alors qu'elle sortait de chez elle, puis dans le métro, sans pouvoir l'aborder.

La jeune femme était soit au téléphone, soit trop occupée à se frayer un passage parmi la foule. Elle sort d'un immeuble, elle marche sur un trottoir, elle tient la barre chromée du métro, or sur aucun des clichés je ne reconnais la femme du portrait-robot.

Le Gitan s'est posté devant elle, la réceptionniste lui a souhaité la bienvenue et lui a demandé s'il désirait une chambre.

— Non, a-t-il sobrement répondu. Vous vous appelez bien Catherine Dourdan ?

Elle a froncé les sourcils, sans toutefois se méfier vraiment.

— Oui, a-t-elle répliqué, invitant son interlocuteur à développer.

— Est-ce que vous êtes née le 16 février 1971 à Lyon ?

Son cou s'est raidi, ses lèvres se sont pincées. En une seconde, son visage est devenu dur.

— Vous voulez quoi ?

29

Ils s'appellent Madeleine et Léon Dourdan, ils vivent encore. Ce sont ses parents. Ils habitent près de Lyon, où elle a grandi. Madeleine et Léon étaient ouvriers agricoles, durs au mal et à la tâche, l'un et l'autre solitaires, et se sont rencontrés sur le tard. Leur union a tout changé : peu de temps après, ils ont quitté les champs pour la banlieue lyonnaise, sous l'impulsion de Léon, qui rêvait d'automobile. Son rêve, il le vivra sur la chaîne d'un équipementier jusqu'à la retraite. Madeleine fera le ménage chez quelques riches familles. Deux ans après avoir emménagé dans un trois-pièces, la nouvelle est annoncée par un médecin que l'émotion gagne : Madeleine est enceinte. Le 16 février 1971, à la maternité des Sources, à Lyon, vient au monde une fille qui crie dès les premières secondes. Ils l'appellent Catherine Martine Isabelle, et son père dit d'elle qu'elle a déjà du caractère. La famille regagne son appartement trois jours plus tard. Ainsi commence la vie de Catherine Dourdan, née de l'amour d'un homme et d'une femme qui, dans quelques mois, fêteront tous deux leurs 40 ans.

La petite Catherine grandit seule. Malgré ses prières répétées, ainsi que celles de ses parents, la nature s'oppose à l'arrivée d'un frère ou d'une sœur. Pas grave. Les années passent et la joie demeure.

Mais cinq ans plus tard, tout se brise. Catherine Martine Isabelle Dourdan part en colonie de vacances durant l'été, quinze jours de camping autour d'un lac en altitude. Elle est la benjamine du groupe. C'est la première fois qu'elle quitte ainsi le foyer, ça n'est pas évident. Ses parents la regardent partir en lui trouvant déjà des airs de petite femme. Comment sera-t-elle à son retour ?

Catherine n'est jamais revenue de ce voyage dans les cimes. Aucun des enfants l'accompagnant ce matin-là en excursion n'a pu raconter ce qui s'était passé. L'accident de car de Bozel est le plus meurtrier des drames de la circulation ayant eu lieu sur le sol français. Selon l'enquête, le chauffeur se serait endormi, avant de percuter un rocher contre lequel l'autocar a rebondi, traversant la chaussée pour éventrer la barrière de sécurité et chuter dans le précipice. Le véhicule s'est fracassé quarante mètres plus bas. On y a retrouvé les corps meurtris de trente-sept enfants, ainsi que ceux du chauffeur et de quatre moniteurs. Aucun n'a survécu.

Ainsi s'est brisé le bonheur de Madeleine et Léon Dourdan. Madeleine a sombré dans une dépression teintée d'ésotérisme, Léon s'est mis à boire.

Pourtant, dans l'appartement dévasté par le chagrin, s'est produit l'inconcevable quelques années plus tard, Madeleine l'interprétant comme un miracle : à bientôt 50 ans, elle était à nouveau enceinte. La chaleur d'on ne sait quel dieu avait fondu sur elle et l'avait irradiée. Léon n'était pas loin de partager ses vues.

En avril 1981, dix ans après son premier accouchement, Madeleine Dourdan met au monde son second enfant, une fille qu'elle serre contre elle en s'écriant

« Dieu me l'a rendue ! », sous le regard des sages-femmes. À l'état civil, Léon déclare la naissance de ce nouveau-né, qu'il nomme Catherine Martine Isabelle Dourdan.

La deuxième petite Catherine a grandi sans savoir qu'elle enfilait les habits d'une grande sœur, dormait dans son lit, jouait avec ses poupées, portait même ses prénoms. C'est à l'école primaire qu'elle a compris, tout du moins qu'elle a posé sa première question. Elle rentre, un soir d'avril, étonnée de s'être fait souhaiter son anniversaire par la classe entière, alors que ses parents lui ont fait souffler ses bougies deux mois plus tôt, le 16 février.

Catherine Dourdan a grandi cernée de mirages, entre les croyances de sa mère et l'alcoolisme de son père, coupée de tout contact avec le monde extérieur en dehors de l'école obligatoire. École, estime-t-elle, grâce à laquelle elle a survécu et a pu s'enfuir, un jour.

« J'ai choisi d'être réceptionniste parce qu'il y a des hôtels dans le monde entier », a-t-elle expliqué au cousin de Gary.

Quand elle s'est montrée méfiante derrière son comptoir d'accueil, le Gitan a su qu'il avait trouvé celle que lui et les autres cherchaient depuis quinze jours. Il s'est montré le plus doux possible et l'a suppliée de croire qu'il ne lui voulait aucun mal. Elle pouvait bien sûr se faire accompagner si elle en éprouvait le besoin. Elle s'est peu à peu détendue et a fini par lui dire qu'elle terminait à 6 heures du matin. Il est ressorti, a prévenu Gary, qui m'a aussitôt informé de la découverte et l'a attendue. Au terme de son service, la jeune femme est sortie et a lentement marché vers lui, qui l'attendait non loin de là. Elle n'avait appelé personne. Ils ont progressé ensemble jusqu'à une terrasse que le soleil effleurait tout juste. Là, Catherine Dourdan s'est livrée.

« Je ne suis pas guérie, a-t-elle nuancé, et je ne sais pas si je le serai un jour. Mais j'existe. Je crois que je ne m'en sors pas si mal. Je suis une rescapée. »

Elle n'a pas revu ses parents depuis longtemps, elle ne s'en sent pas capable. Pourtant elle l'espère et compte les années. Ils sont vieux. Elle sait que le temps file et qu'il sera bientôt trop tard.

« Je leur en veux encore. »

Le cousin de Gary ne voulait pas expliquer à la jeune femme ce qui l'avait amené ici, l'enquête que sa famille menait pour moi. Devant son insistance, il s'est laissé faire et lui a tout raconté. Face au portrait-robot de Catherine Dourdan qu'il a fini par lui montrer, elle a eu une moue dubitative. Ce visage lui était inconnu.

— Voilà, conclut Gary en enlevant son doigt de la photo qu'Anna et moi fixons. C'est presque elle. La carte d'identité était fausse, mais Catherine Martine Isabelle Dourdan, née le 16 février 1971 à Lyon, elle a vraiment existé. Et elle est morte depuis longtemps.

30

Le soir, je suis allé voir Catherine Dourdan devant l'hôtel qui l'emploie. Anna a préféré ne pas m'accompagner, cette jeune femme lui fait froid dans le dos. J'ai arrêté la Triumph dans la contre-allée, derrière un alignement de berlines stationnées pour la nuit. De là, je voyais le grand tourniquet vitré, au-delà duquel se trouvait un hall à la lumière tamisée. J'ai attendu, sans quitter des yeux la luxueuse entrée, et ai bientôt distingué une femme s'avançant sur le trottoir. Ses talons claquaient dans la nuit, les mains dans les poches d'un imperméable court serré à la taille par une ceinture. Sa jupe en dépassait à peine. Elle avait les cheveux relevés en chignon. Je l'observais en saluant la combativité dont elle faisait preuve pour vivre ainsi sa vie. Elle venait travailler. Elle était indépendante et libre. Ce qui est évident pour beaucoup était pour elle le fruit d'un combat qu'elle mènerait toute sa vie. Catherine Dourdan occupait un studio dans Paris, prenait le métro, faisait probablement les soldes et se rendait au cinéma. Quand elle ne travaillait pas, elle devait aller au restaurant accompagnée d'amis, peut-être qu'elle dansait, jouait de la flûte traversière, peignait, ou rien de tout cela, je ne sais pas, mais elle l'avait dit au cousin de Gary : elle existait.

Je ne l'ai pas abordée, je ne suis même pas descendu de selle pour la voir de plus près. Je ne voulais pas la déranger davantage. Je l'ai laissée pousser l'énorme porte circulaire et pénétrer dans le palace pendant que je donnais un coup de kick. Moi aussi, j'existais. Moi aussi, j'avais grandi sur des bases incertaines, et je pensais globalement m'en être bien tiré. On se ressemblait peut-être. J'ai démarré sans qu'elle ait su que je l'avais observée.

31

Dagan a l'air fatigué. Ses gestes sont lents, mesurés. Il tire son fauteuil pour s'y asseoir. Il m'a appelé il y a une heure en demandant à me voir. Quand je suis arrivé, il a fermé la porte de son bureau derrière moi.

Il tient un tube de carton de plus d'un mètre de long.

— Je veux vous montrer quelque chose.

Il sort un poster roulé, j'en distingue un des coins. C'est un bout de ciel.

— Votre employée est venue ici il y a quelque temps pour examiner la dernière photo de votre album. Elle vous en a parlé, je suppose. Le parking, la Mercedes bleue sortie en septembre… Après son départ, j'ai regardé ce dernier cliché d'un œil neuf.

Il se lève, s'apprête à dérouler le poster derrière son bureau, contre le mur. Il évalue la luminosité de la pièce, puis allume sa lampe.

— La personne qui a pris la photo n'était pas sur le parking, m'explique-t-il. Elle était à l'intérieur d'une boutique, ou d'une banque, ou je ne sais où, mais en tout cas, derrière une baie vitrée. Le soleil s'y reflète sur la gauche. Ça ne se voit quasiment pas sur le format d'origine.

Il tient contre le mur un agrandissement de presque deux mètres de haut, qu'il déroule avec précaution. Je vois le ciel bleu, un réverbère, les voitures. Je découvre le taxi Mercedes, son chauffeur au volant.

— Au milieu de la vitre, on voit le reflet du photographe.

Une surimpression, juste au centre de l'immense photo, apparaît comme un spectre. Un corps se dessine, qui m'est familier, on dirait qu'il ondule. Il faut que l'œil s'acclimate au flou, que je me crie d'être calme. Un reflet de plus en plus net que je fixe, incrédule. Une silhouette. Qui tient l'appareil, qui appuie sur le déclencheur, et dont je ne peux détacher mon regard qui s'embue, je ne peux pas, je ne veux pas. Je la regarde encore et ne vois maintenant plus qu'elle, cette allure, que je connais depuis toujours.

32

Nicole Olsen n'est pas morte dans l'incendie du manoir de Kerloch la nuit du 6 au 7 août 1976. Sa silhouette se reflète dans une baie vitrée tandis qu'elle photographie une Mercedes sortie de l'usine en septembre suivant. Elle était belle, et cela se voit même dans ce qui a l'allure d'un hologramme. C'est ma mère. Elle est là, ses cheveux blonds, ses bras fins, ses longues jambes. Elle tient l'appareil photo contre son ventre, comme elle le fait sur plusieurs autres clichés de l'album. On devine son visage, sans en voir l'expression. Elle porte une jupe et des talons, on distingue son pied gauche, la jambe un peu fléchie. Maman. Qu'a-t-elle fui ? Et mon père ? Est-il vivant, lui aussi ?

Anna fixe le poster accroché dans le salon, chez Mylène. Laurie inspecte l'image en collant son nez contre elle. Mylène se tient en retrait, silencieuse. Gary se fait discret dans ce vaste appartement. Il est intimidé, et ses yeux reviennent à intervalles réguliers sur le reflet de ma mère. Je réfléchis tout haut depuis hier, me demande s'ils ont fui ensemble ou bien séparément, et si mon père est bien mort. Les actes de décès les désignaient, oui, mais on sait à présent qu'au moins l'un des documents était faux. Pourquoi pas les deux ?

— Un crime passionnel, suppose Gary. Ton père et sa maîtresse.

Ma mère aurait tué les deux amants dans un coup de folie, puis aurait maquillé le drame en incendie, et serait partie droit devant, n'emportant que son reflex. Si elle vit encore, elle a plus de 70 ans.

— Et elle sent que c'est bientôt la fin, continue le petit Gitan. Elle veut te parler avant de partir.

Des hypothèses comme celle-ci, nous en avons passé plusieurs en revue sans qu'aucune ne nous satisfasse plus que les autres. Depuis Dagan et son poster, je n'ai pas remis les pieds à l'entrepôt. Mylène et Gary se chargent de tout. Moi, je suis assis dans ce grand canapé, les bras sur le dossier de part et d'autre, et je fixe mon passé que je tente de reconstituer, des fiches posées devant moi sur la table. Anna m'aide autant qu'elle le peut. Laurie s'est fendue d'un mail incendiaire au gestionnaire du site d'urbex, lui reprochant de vouloir faire passer pour vrai ce qui n'est qu'une maquette. Il n'a pas répondu.

Cette maquette m'obsède. Les photos sont là, parmi les autres sur la table, et je ne parviens pas à saisir ce que tout cela veut dire. Elle serait l'œuvre de ma mère ? De qui d'autre ? De quelle folle ou quel fou ? Qui a chez lui la maquette d'un château ravagé il y a si longtemps ? Qui le prend en photo, qui l'expose ainsi sur Internet ?

Où que j'aille, j'avance en pensant que cela va s'éclaircir, et finis tôt ou tard par buter sur une incohérence, une question sans fond. Quand je suis sur le point de mettre la main sur une piste, je pense à ma maison brûlée sur l'île, à cet inconnu mort à la barre de mon bateau sur la Marne, à cet autre qui s'est fait mordre par les chiens à Kerloch, et mes questions se multiplient. Je revois la porte de mon entrepôt fracturée. Je songe à Catherine Dourdan, la première, et puis à l'autre, venue vendre l'album, et puis à la troisième ensuite, derrière son desk à l'hôtel, et je n'entrevois rien d'autre qu'un océan de souffrance et de larmes, peut-être de plomb.

Au-dessus de tout cela, plane la présence de ma mère, dont je crois même parfois distinguer le sourire.

Alors je me lève, je tourne en rond dans l'appartement, je prends mon téléphone pour appeler Raymond, lui dire que ma mère n'est pas morte mais je me ravise. Ils croient mes parents décédés depuis quarante-deux ans. Je ne sais pas comment m'y prendre, j'attends je ne sais quoi et cette attente est interminable, mais que faire d'autre ? Je songe à la petite Catherine Dourdan morte dans ce car, et me demande quel âge elle aurait aujourd'hui, à peu de chose près le mien, et cela ne m'avance guère. Je me sers un verre d'eau, bois en m'en mettant partout. C'est à ce moment qu'Anna revient sur ses pas dans le salon.

— On n'abandonne pas son enfant, lance-t-elle, catégorique. Ça n'arrive pas.

Puis après un silence :

— Quand ça se produit, c'est à la naissance. Pas à 6 ans.

— Et ?

— Je ne pourrais pas abandonner Laurie. Je ne trouve rien qui pourrait me pousser à faire une chose pareille. Si ta mère est partie en te laissant, c'est forcément pour ton bien. C'est pour te sauver.

Ma mère m'aurait abandonné pour m'éviter le pire ? Je piétine au milieu des fantômes. Malgré son acte de décès signé, ma mère a continué à vivre et à faire des photos. Une Catherine Martine Isabelle Dourdan, morte dans un drame de la route, existe et se déplace. Je sursaute.

Cette petite n'est pas morte non plus. J'ignore pourquoi elle court ainsi la campagne pour semer des souvenirs. Je ne distingue pas le moindre lien entre nous deux, mais la question m'envahit : Catherine Martine Isabelle Dourdan a-t-elle vraiment perdu la vie dans cet accident de car ?

Non.

Où est sa tombe ?

Nulle part.

À Lyon ?

On part maintenant.

33

Je me lève d'un bond. Anna me voit faire et attrape son sac à main. J'appelle Mylène, qui est à l'entrepôt avec Gary, je lui demande si nous pouvons emprunter la Mercedes.

— Vous trouverez une carte de carburant dans le pare-soleil du conducteur, répond-elle. Elle fonctionne dans toutes les stations.

Le temps de rassembler quelques affaires, et mon téléphone sonne. C'est elle :

— Gary et moi aimerions vous accompagner.

Je ne réfléchis pas, je ne songe pas à la perte de chiffre d'affaires que représentent ces deux jours de fermeture, je ne me demande pas non plus ce qui peut pousser mes deux employés à se joindre à nous pour ce voyage. Je dis simplement oui.

Gary écarquille les yeux en découvrant la berline. Il en fait le tour au ralenti et finit par émettre un petit sifflement à destination de sa collègue, qui l'accueille d'une mine faussement condescendante. Ces deux-là s'adorent autant qu'ils s'intriguent. Ils sont aux deux opposés d'une même courbe, celle de la hiérarchie sociale, pour laquelle ils éprouvent tous les deux une grande indifférence, si ce n'est un profond mépris. Je crois que c'est la raison pour laquelle ils sont l'un et l'autre très bons dans le métier que nous exerçons. Chaque client est un territoire vierge dans lequel aucun drapeau n'a jamais été planté.

J'avais prononcé cette phrase, un soir. Anna avait acquiescé, puis : « Allez, Baudelaire, viens faire la vaisselle. »

Avant d'entrer dans la cuisine, elle s'était retournée, hilare, et m'avait cueilli sur ma chaise en train de bouder, consterné par la franchise dont elle savait faire preuve. C'était il y a quelques années, sur notre île Sainte-Catherine. Cette insouciance ne reviendra jamais, tout a fondu. Même le décor a disparu. J'étais heureux d'avoir survécu à un chaos dont j'ignorais la source. Je regardais devant. J'avais l'optimisme en bandoulière, mon expérience parlait pour moi. Je restais pudique sur le sujet, mais il m'est arrivé d'imposer le silence à un contradicteur en citant mon parcours. J'étais un orphelin qui avait mal tourné, et pourtant j'étais là, par la seule force de ma volonté, de mon travail. Peut-être aussi grâce à la chance, oui, il devait m'arriver d'en parler, afin de me rendre humble, comme une cerise sur le gâteau.

Je m'aveuglais par ces discours. Je niais le rôle de ma tante et celui de Raymond, sans lesquels je n'aurais peut-être rien réussi. Surtout, je niais mes propres blessures et mon passé. On est ce qu'on nous a donné et ce qu'on a vécu.

« Imaginez que vous retrouviez une photo de vous, bébé, m'avait expliqué un client un jour. Ce bébé n'existe plus, d'accord, mais ce bébé n'est pas mort, vous comprenez ? Ce bébé a évolué. C'est comme le latin. Le latin n'existe plus, mais vous et moi, nous le parlons tous les jours. »

Je comprends exactement ce que cet homme voulait dire. Je réalise dans quelle erreur je vivais. On ne règle rien en courant plus vite ou en parlant plus fort, on ne fait rien taire, et ce qu'on enfouit ressort toujours. Je songe à ces années heureuses quoique aveugles, et je ne sais pas si je déplore le bonheur enfui ou si je maudis mon fourvoiement d'alors.

Je me rends à Lyon. Je voudrais partager cela avec Anna qui dort à côté de moi. Je ne la réveille pas. Elle m'appellera Socrate plus tard. On file, en plein soleil. Il fait frais. Mylène et Gary sont installés à l'avant, Gary conduit. Il a rehaussé le siège, s'est fait une place de pilote en actionnant tous les boutons. Depuis, il est aux commandes de ce qui est sûrement le plus beau jouet qu'il ait eu entre les mains. À côté de lui, Mylène est penchée sur son téléphone. On approche. J'ai l'impression d'être mieux entouré que jamais.

34

Il s'appelle La Guillotière, c'est le plus grand cimetière de Lyon. Mylène nous a lu un article déniché sur Internet, alors que nous approchions. Anna ne dormait plus, Gary regrettait d'être arrivé si vite, et moi, je n'étais plus que silence et détermination. Je le suis toujours, à présent que nous sommes devant l'entrée. Gary a ralenti le pas à mesure que nous approchions, je l'ai senti. Mylène lui a demandé s'il préférait rester à l'extérieur, mais il a fait non de la tête en progressant toujours. Il se signe en fixant ses pieds. Je tousse et j'avance d'un pas. Je veux aller vite, ne pas faiblir. Entrer. Avancer parmi les tombes. Anna me prend la main, Mylène marche de l'autre côté, Gary la suit de près. Nous progressons tous les quatre. On n'entend que le bruit de nos semelles sur les gravillons, le chant d'un oiseau. Autour de nous, des tombes disparates, certaines fleuries, d'autres à l'abandon. Çà et là, des emplacements attendent leurs futurs occupants. Mylène a le plan des lieux sur l'écran de son téléphone, elle nous guide. Dans quelques foulées, nous prendrons l'allée sur la gauche. Vers le milieu de celle-ci, se trouve le carré des victimes de l'accident de Bozel. Elle nous l'a lu dans la voiture. Quarante-deux tombes identiques, sur lesquelles, à la date anniversaire de l'accident, viennent ensemble se recueillir les familles. Quarante-deux tombes qui font s'emballer nos cœurs quand on les aperçoit. Toutes semblables, en marbre blanc, aux lettres dorées. On s'arrête sans le vouloir, on observe. D'après l'article que nous a lu Mylène, les sépultures ont été payées par la municipalité. Quarante-deux tombes que nous allons inspecter. Nous nous en approchons. Je veux lire les noms un à un, ceux des trente-sept enfants, des quatre accompagnateurs, du chauffeur, et les rayer de ma liste mentale jusqu'à trouver Catherine Martine Isabelle Dourdan. Je veux faire le cimetière entier, traquer sa tombe, quitte à y passer des jours, aller au bout de cette hypothèse. Je sais que nous ne la trouverons pas. Que ferons-nous ensuite ? Signaler l'incohérence à la police ? Aller voir sa petite sœur à Paris, et, cette fois, l'aborder ? Ses parents, les questionner ? Quand nous sortirons d'ici, nous aurons la conviction qu'elle est vivante, mais qu'en ferons-nous ?

Gary bondit devant moi, fait barrage à ma progression. Il passe d'un pied sur l'autre, affolé. Je veux comprendre. Anna aussi voit Mylène blêmir à son tour. Les deux femmes se regardent, Anna se penche dans le dos du petit Gitan qui me fixe au fond des yeux. Quand elle revient à moi, elle est dans le même état que les deux autres. Ils sont tous les trois en panique, et ne savent que dire ni que faire. Je tente un œil par-dessus Gary, mais Mylène s'interpose, puis Anna.

— C'est sa tombe ?

— Mat…

Je pousse Gary d'un bras contre son épaule.

— Laissez-moi passer.

Il y a bien son nom sur une plaque de marbre blanc, oui, Catherine Martine Isabelle Dourdan, ainsi qu'une petite photo ovale, même un bouquet de fleurs. Les bras m'en tombent, mais ça n'est pas de cela qu'Anna et mes amis me protégeaient. Plutôt de la tombe à sa gauche, la dernière de l'allée, semblable à toutes les autres. Elle porte un nom que je ne connais que trop, ainsi qu'un petit portrait. Mes jambes tremblent et l'air me manque, je m'écroule. Le nom gravé dans la pierre, c'est le mien. La photo, c'est la mienne.

35

Le médecin fixe le manomètre, a une moue satisfaite, et je sens se dégonfler ce qui ceinture mon biceps depuis plusieurs secondes. Derrière lui se tient Anna. Mylène et Gary sont à l'extérieur de la chambre, mais je vois leurs cous tendus vers nous pour écouter le diagnostic. Ils m'ont, paraît-il, porté jusqu'à la rue, les femmes par les bras, Gary par les jambes, mes fesses frottant les gravillons. Ils sont arrivés dehors en même temps que l'ambulance, à bord de laquelle je me suis réveillé, sans aucun souvenir de ce qui venait de se produire. À présent, je suis entre les mains de ce toubib de l'hôpital qui m'ausculte sans faire de commentaire. Anna porte une robe vert émeraude qui semble ne rien peser. Ses bras nus croisés devant elle tendent le tissu sur sa poitrine, elle voit où porte mon regard, et ses traits se détendent tout à coup. Je me sens bien, quoique très fatigué, surtout incapable du moindre effort. Je veux enfouir ma tête dans les seins d'Anna, et m'endormir.

— Vous pouvez partir, conclut le docteur en se dirigeant vers la porte. C'est un gros coup de fatigue. Mais faites attention, reposez-vous.

Je pivote et pose les pieds par terre en ayant l'impression que je vais m'écrouler mais non, et je bâille comme jamais. Gary se précipite, me prend par les aisselles, je le remercie mais je veux essayer seul. Ça va. Je me redresse et fais un pas, puis un autre. J'ai vu ma tombe et suis pourtant vivant, je me palpe, me retourne, prends Anna dans mes bras. Mylène et Gary se rapprochent, je sens une main sur mon épaule, et une autre, différente, et celles d'Anna contre la peau de mon dos. Je respire.

Gary a repris place aux commandes de la berline, Mylène en copilote. Anna et moi sommes à l'arrière. Ce que nous avons vu tous les quatre n'a pas quitté nos rétines, ni ma cervelle. Une tombe à mon nom. Il y a ma date de naissance, celle de ma mort en dessous, la même que pour tous les autres enfants, ainsi qu'un portrait de moi. La pierre est blanche, la croix aussi, au pied de laquelle se trouvent des fleurs fanées. C'est ce que j'ai vu en dernier. Un bouquet sur ma sépulture, ainsi que sur celle de ma voisine, Catherine Martine Isabelle Dourdan, les mêmes fleurs desséchées, j'ai vu ça en sombrant. Non, je n'ai pas rêvé. Nos tombes sont voisines et ont été fleuries du même bouquet, probablement à la même date vu l'état des pétales. Quelqu'un est venu, ces deux poignées de fleurs en main, et les a disposées sur la pierre.

Se faire appeler Catherine Dourdan pour me mettre sur la voie ? « Elle veut que tu saches », a résumé Gary il y a quelques jours.

— Elle veut que tu saches, répète-t-il, trouant le silence.

Nous n'avons pas beaucoup parlé depuis notre départ de l'hôpital, sonnés par ce que nous avons vu, puis vécu. Nous n'avons pensé à rien d'autre, et cette sortie de Gary met le feu aux poudres.

— Elle veut me dire qu'on m'a menti.

Mylène se retourne vers nous, prend Gary à témoin :

— Elle veut que vous alliez jusqu'à sa sépulture, et donc la vôtre.

Anna balance la tête de droite à gauche et répète :

— Je ne pourrais pas abandonner Laurie.

Et ajoute, comme si elle s'en voulait de ne pas y avoir pensé plus tôt :

— Sauf si je la croyais morte.

Ses yeux s'embuent, je pose ma main sur sa cuisse, elle me fait signe que ça va et le rire de Gary nous perturbe. Il rit tout seul en fixant la route ensoleillée, le volant serré dans ses mains comme si c'était une bouée.

— Ta mère, elle a abandonné personne.

Il accélère.

— Elle croyait que tu étais mort !

Mylène le toise et lui fait un geste du bras pour qu'il se calme. Il obtempère aussitôt mais quand même, il n'en revient pas. Nous non plus.

Les kilomètres défilent. Le scénario prend forme à voix haute. Souvent, Anna s'arrête de parler, bouleversée. C'est alors Mylène qui continue.

— En Savoie, un accident de car voit trente-sept enfants périr, récapitule Anna.

— On fait croire à votre mère que vous ne reviendrez pas, que vous êtes une des victimes, poursuit Mylène.

— Alors elle part, balance Gary en haussant les épaules. Elle rentre chez elle, aux États-Unis.

— Après être allée sur ma tombe, je précise.

— C'est ça, dit Mylène. Faire faire une sépulture à votre nom pour que votre mère ait la preuve de votre décès.

Quant au petit Mat que je suis, on lui annonce que ses parents sont morts et on le confie à sa tante.

Mais pourquoi le maire rédige-t-il ce faux certificat de décès ?

— L'amour ou l'argent, répète Gary. Il n'y a que ça. On cherche.

L'amour ou l'argent. Ou même les deux.

Pourquoi a-t-on voulu tant de mal à mes parents ? Quel danger représentaient-ils ? Quelle jalousie suscitaient-ils à Kerloch ?

— Une personne connaît les coupables et veut parler, je lance. Qui sait depuis tout ce temps. Elle veut avouer ou dénoncer quelqu'un.

Nous sommes sûrs de cela. Nous le pensons même depuis le départ. Et puisque tout est peut-être sous nos yeux depuis le début, j'émets une hypothèse : je crois savoir où est la maquette du manoir.

— Elle se trouve chez l'incendiaire, j'explique.

Et c'est tout à coup limpide.

Depuis quarante-deux ans, il vient la voir, la contemple et se souvient de ce qu'il a perpétré jadis. Peut-être est-ce lui qui l'a prise en photo et postée sur Internet, comme une forme d'aveu.

— Ou c'est un maître chanteur, objecte Gary. Le gars qui a fait la maquette, il sait qui a fait quoi. Les photos, il les a envoyées au coupable, et il veut que ça paye.

— Dans les deux cas, on comprend pourquoi il ne répond pas aux mails de Laurie, explique Anna.

Mylène allume la radio, cherche une station de musique classique, un air de violon nous parvient et je mets la tête en arrière. Anna a les paupières closes mais ne dort pas. Mon amour.

— L'amour ou l'argent, martèle Gary presque pour lui-même. C'est ça seulement.

L'amour.

Celui dans lequel j'ai grandi, malgré les circonstances.

— L'amour qu'on m'a donné, je dis.

Je vois leurs trois paires d'yeux se tourner vers moi, dans le rétroviseur et en direct.

— L'amour ! je répète plus haut.

Ils sursautent, et je comprends qu'ils suivent le même cheminement que moi à cet instant.

— On va voir la maquette.

— Vous êtes certain de savoir où elle est ? demande Mylène avec douceur.

Anna, Gary et moi approuvons. Elle fait mine de capituler.

— Gary, on va à Fontenay. Chez mon oncle et ma tante.

36

Nous arrivons à Fontenay-sous-Bois au petit matin. Nous avons fait escale en Bourgogne au milieu de la nuit. Gary a mangé une entrecôte au poivre dans un restaurant surplombant l'autoroute, Mylène et Anna ont pris un thé et quelques biscuits. Au début, je suis resté dans la Mercedes. Je voulais continuer de dormir. Mais après quelques minutes, je me suis hasardé dehors, j'ai marché vers cette arche de béton multicolore au pied de laquelle se trouvaient les pompes.

En sortant de table tous les quatre, nous tombions de fatigue. On était bien ensemble. On s'est installés dans la voiture sans parler, ni démarrer. On s'est endormis un à un. C'est le soleil qui nous a réveillés.

À Fontenay, il est en entier dans le ciel, mais encore bas. La Mercedes navigue dans les ruelles que je connais par cœur, manœuvrée par Gary qui l'a totalement apprivoisée. Je ne suis plus épuisé, plus en colère comme c'était le cas hier en roulant vers Lyon, prêt à en découdre et prêt à me cogner à la vérité. Je suis simplement sur un chemin sinueux, au bout duquel il y a les réponses aux questions que je me pose. Dans cette meulière, rue des Glycines. Une petite grille en marque l'entrée, le garage en contrebas sur la droite, la cave sur la gauche.

Au centre, un perron, quelques marches, en haut desquelles mon oncle apparaît. Je vois sa silhouette massive, sa main sur la poignée qui referme derrière lui, sans doute se rend-il au tabac pour acheter son journal. Il jette un œil alentour et s'arrête sur la Mercedes. À travers la vitre, il me reconnaît. Je m'extrais de l'habitacle, Anne me souffle « Je t'aime » à l'oreille. Mes acolytes restent dans la voiture, je sors seul. Raymond n'a pas bougé, il me laisse approcher, fait quelques pas vers moi.

— Viens, entre, me dit-il.

Ma tante dort à l'étage. Tout est calme. Je ne lui en veux pas, ni à personne, tout du moins pas encore. Il faut que je sache. Il me fait signe de ne pas faire de bruit, on marche en silence vers la cuisine où le café coule, diffusant son odeur. Par la fenêtre qui donne sur l'arrière, on voit le jardin, celui où je jouais enfant. Entre deux missions, Raymond et moi y plantions les diverses graines rapportées d'Afrique ou d'ailleurs, captivés quelques semaines, surveillant le ciel et l'état de la terre, l'arrosoir jamais loin. Et puis il repartait, je ne sais quelle passion nouvelle venait supplanter mon goût pour le jardinage, jusqu'à la fois suivante. Aujourd'hui, il ne reste pas grand-chose de ces espèces tropicales que nous choyions ensemble, si ce n'est un avocatier défiant le climat et le temps. C'est contre son tronc qu'à l'adolescence, je fumais mes premières cigarettes en scrutant les étoiles. C'est dans ce jardin que j'ai grandi et que j'ai été heureux. Raymond ne sait que dire, ni par où commencer. Il a l'air d'un enfant pris en faute, et je perçois de la colère, une immense violence. Je crois voir quels démons hurlent en lui depuis toutes ces années, et qu'il ne fera jamais taire même en me racontant tout. Je me demande soudain s'il a été heureux.

— Tu veux un café ? me propose-t-il pour rompre le silence.

Et comme je ne réponds pas, il souffle :

— Ça fait tellement longtemps que j'attends ce moment.

37

Mon père avait un an de plus que ma tante. On les voyait ensemble pédaler dans les rues de Kerloch et sur la plage, où ils se baignaient souvent. La guerre avait cessé depuis peu, la peur du chômage n'existait pas encore et la nature était sauvage. La famille habitait une maison dans le bourg. Mon grand-père livrait des matériaux de construction sur les chantiers du coin, ma grand-mère écaillait le poisson sur le port.

C'est ici que grandissent mon père et ma tante, bien nourris et vaillants, inséparables quoique très différents. Dans tous les domaines, mon père a l'esprit de compétition et la défaite mauvaise. À l'école, il se bagarre souvent. C'est un impulsif. Ma tante vient parfois s'interposer. Elle aussi aime l'adrénaline, mais d'une autre façon : sauter dans les vagues depuis les rochers, par exemple, devant les touristes effarés, mais jamais sans avoir vérifié la profondeur de l'eau. Ma tante a le goût de l'aventure, pas celui du risque. Mon père, c'est le contraire. Ils forment un duo de choc.

Au début des années soixante, au bout de la Bretagne, comme partout ailleurs, débarquent les cheveux longs, le rock et l'envie de faire valser le vieux monde. Le terreau est fertile : depuis son entrée au lycée, mon père ne tient plus en place. Il écrit un peu de poésie, peint en dilettante, fume beaucoup, s'ennuie. Pour sa part, ma tante ne rêve que de Brighton ou de San Francisco, ou encore de Sydney. En tout cas, de porter des minijupes et de parler anglais.

Quand mon grand-père reçoit une lettre du lycée lui signalant que son fils n'est pas venu en cours depuis bientôt un mois et que sa fille, ainsi que quelques autres, se barbouille de maquillage durant la récréation, il voit rouge. Ma grand-mère tente vainement de l'adoucir. Première mesure, faire raser la tignasse de son fils, qui s'en amuse dans le miroir. Deuxième mesure, lui confisquer les sous qu'il économise en vue d'un long voyage. L'adolescent prend de haut ces considérations financières, il s'en fout, voit plus loin. Troisième mesure : le désinscrire de l'école. Le faire rentrer dans le rang, travailler pour de vrai. Comme lui, chez Désormaux & Fils, courbé sous les sacs de ciment pesant chacun cinquante kilos, et le tout sans se plaindre. Mon père ne se moque plus. En parallèle se profile bien plus terrible : les séparer, tous les deux. Puisque ma tante veut parler anglais, puisqu'elle n'a que ça en tête, et puisqu'elle est bonne élève, eh bien, d'accord. L'année prochaine, mon père portera les sacs de sable et les parpaings dans tout le Finistère, ma tante gardera les enfants d'une grande famille en Angleterre. Jeune fille au pair.

Les deux inséparables frère et sœur, un matin de septembre, se serrent dans les bras l'un de l'autre sur un quai de Roscoff. L'heure tourne. Le bateau partira bientôt. À mesure qu'on les somme de se séparer, leurs gestes se font plus nerveux, jusqu'à s'étreindre et mélanger leurs larmes, comme s'ils savaient qu'ils ne se retrouveront jamais vraiment. Mes grands-parents s'émeuvent peut-être de voir partir leur fille d'à peine 16 ans, mais c'est pour son bien. Elle reviendra bilingue et disciplinée. Quant à leur grand dadais de fils, il s'en remettra.

Quand ma tante revient à Kerloch un an plus tard, elle peut tenir n'importe quelle conversation et même, parfois, rêve en anglais. Elle raconte Londres à son frère, il l'envie, lui qui n'a, durant ce temps, rien connu d'autre que le Finistère et l'odeur du béton.

— Nous irons ensemble, lui promet-elle.

Elle est enthousiaste, pleine de vie et d'avenir. Mon père, lui, n'est déjà plus le même. C'est difficile à concevoir quand j'entends mon oncle me le décrire, mais je l'ai si peu connu, je ne peux qu'écouter.

— On avait quelques copains communs, m'explique-t-il, je le croisais parfois. Il était triste. Ta tante m'a souvent dit qu'à même pas 20 ans, il avait déjà l'impression que le train était parti sans lui.

Mon père conduit une camionnette en compagnie d'un livreur chevronné. Ils vont de Brest à Douarnenez, se font des bras d'acier, des poumons de tubards. Au départ, mon père considère cela comme un amusement, continuant à peindre et parfois même à rire, mais la charge commence à peser. Sans parler du regard des autres, des railleries de ses collègues. Mon père ne voit pas comment inverser le cours des choses, il a le sentiment d'être emmuré vivant.

— Il respirait, il mangeait, il vivait, mais il ne faisait plus rien. Il était vidé.

Ma tante ne parvient pas non plus à le sortir de ce que Raymond décrit aujourd'hui comme une profonde dépression. Elle veut repartir, parcourir le monde, le désert mexicain, les lagons du Pacifique et les neiges du Groenland. Je savais qu'elle avait voyagé, j'ignorais qu'elle avait fait le tour du monde : elle est serveuse dans le Colorado, puis à Canberra et à Melbourne. Elle passe un hiver en Chine, un autre aux îles Malouines. J'entrevois un morceau de tout ce qu'il me reste à découvrir sur elle, que je croyais pudique mais que je découvre secrète. Entre deux voyages, elle revient à Kerloch, où la léthargie de son frère la met hors d'elle. Il s'enterre lentement. Elle repart.

À la veille de son dernier voyage, elle rencontre Raymond chez des amis communs près de Brest. C'est un gaillard de 25 ans, mécanicien, qui revient d'une mission sur une plate-forme pétrolière en mer du Nord. Il lui plaît. Mon oncle, lui, tombe sous le charme de cette aventurière d'un mètre soixante qui semble n'avoir peur de rien, et surtout pas de vivre. Avant de se quitter, ils échangent un baiser.

— Je l'aime depuis ce jour-là, me dit Raymond.

Nous sommes dans la cuisine, le café dans nos tasses a tiédi. Il y a eu du bruit à l'étage tout à l'heure, les pas de ma tante. Elle est peut-être dans la salle de bains, ou bien elle s'est recouchée. Raymond fouille le passé.

— Je l'aime depuis ce jour-là, répète-t-il. Et je l'aime encore, malgré ce qu'elle a fait.

38

Après seulement trois semaines, ma tante démissionne du restaurant qui l'emploie en Afrique du Sud, et grimpe à bord d'un avion. Elle veut retrouver Raymond, l'embrasser. Elle revient en Bretagne. Elle n'en repartira que six ans plus tard de façon définitive. La jeune fille qui l'accompagne, aventurière comme elle, joyeuse et si libre, elle, n'en repartira jamais. Du moins, officiellement.

Elles se sont rencontrées à Kimberley, toutes les deux serveuses dans un café du centre-ville. Elle s'appelle Nicole Olsen et, sous ses airs de jeune fille bien née, a la faculté de transformer la plus banale des situations en un bordel inoubliable. Elle court la planète, son appareil photo autour du cou et des anecdotes plein la tête. De la France, elle connaît Paris où elle a dansé jusqu'à l'aube, puis perdu ses chaussures dans le métro sans pouvoir raconter comment, et Orly où, entre deux avions, elle a fumé de la marijuana sous le nez des douaniers, finissant au poste et loupant sa correspondance. De la Bretagne, rien. À en croire ma tante, c'est la plus belle région du monde. Elle veut voir. Les deux jeunes femmes se connaissent à peine mais ont en commun de vivre leur jeunesse sans en perdre une goutte. Cela suffit à leur faire croire qu'elles sont amies pour la vie.

Elles atterrissent un matin de juin. Le soir même, ma tante et Raymond dorment ensemble dans un hôtel à Brest. Nicole Olsen prend des photos du port de commerce au milieu de la nuit, en compagnie d'un jeune homme auquel elle trouve un charme dévastateur : mon père. À l'aube, elle et lui font l'amour sur un quai, sans se rendre compte que depuis le pont tout proche, des dizaines d'automobilistes les distinguent en pleine action. Ils se revoient dès le lendemain, et ne parviennent bientôt plus à vivre l'un sans l'autre. À son contact, mon père se voit renaître. Ses maigres économies disparaissent dans l'achat d'une robe Dior qu'il lui offre, et dans laquelle elle arpente le marché de Kerloch sous l'œil médusé des riverains. Ils se promènent sur les rochers, se baignent nus. Les cernes sous leurs yeux témoignent de leur manque de sommeil. Après une nuit blanche, il surgit dans le bureau de son patron et lui balance sa démission. Depuis l'apparition de cette blonde dans sa vie, il veut se remettre à peindre. Pour le moment, il n'a pas produit la moindre toile mais assure en haussant le ton que cela ne va plus tarder. Il n'a que 24 ans, tout lui semble à nouveau possible. Nicole Olsen, elle, a le sentiment d'avoir trouvé sa place après tous ses voyages : elle est près de cet homme, à qui elle annonce après seulement deux mois de présence qu'elle attend un enfant de lui. Mon père prend peur, s'imagine déjà contraint de retourner chez son patron, de s'excuser, de reprendre son boulot, l'horizon se réduit à coups de serpe, mais elle tempère, le fait taire et leur ressert un verre : il n'a pas à s'inquiéter. Il leur faut simplement se rendre en Norvège afin de signer quelques papiers, et tout sera réglé très vite.

— En Norvège ?

— Oui. Elle était norvégienne, ta maman. Mais elle parlait le français comme toi et moi, hormis l'accent. Elle l'avait appris toute petite avec une des domestiques, à la maison.

— Vous m'avez toujours dit qu'elle était américaine !

— Je sais. On t'a menti pour brouiller les pistes.

— Et les photos de l'album, les annotations, *bedroom*, *kitchen*, tout est en anglais !

— J'ai vu, oui. Je n'ai aucune idée de ce que ça veut dire.

— C'est même marqué sur l'acte de décès : nationalité américaine.

— Mat, souffle-t-il. Sur un faux acte de décès, on écrit ce qu'on veut.

Quand Nicole tombe enceinte, elle se rend au domaine familial accompagnée de mon père, très impressionné, qu'elle présente à sa famille. J'apprends que ma mère était l'héritière d'une des plus grandes fortunes scandinaves, bâtie principalement sur le transport maritime et le commerce du bois. Quand ils regagnent Kerloch, ils ont la bénédiction du clan Olsen et assez d'argent pour une vie entière.

— Mais ton père, il ne lui fallait pas ça. Il ne fallait pas que la fortune lui tombe dessus.

L'artiste contrarié va prendre une revanche ostentatoire. À peine revenu, le couple achète le château sur la pointe de Lochrist, y organise de grandes fêtes où se pressent des tas d'inconnus. La présence de cette riche Norvégienne est bientôt connue de tous. Mon père s'aménage un atelier baigné de lumière donnant sur la mer. Il ne peint pas pour autant. Il marche sur la plage, passe au ralenti devant les fenêtres de son père, au volant d'une Jaguar Type E, et klaxonne. Le ventre de ma mère s'arrondit.

Ma tante et Raymond s'installent à leur tour à Kerloch. Ils font l'acquisition d'une maison près du bourg, que Raymond retape entre deux missions. Ma tante se fait embaucher par la mairie, intéressée par son niveau d'anglais qui peut être utile auprès des touristes.

Un jour de mars 1972, sur la pointe de Lochrist, vient au monde un petit gars tout rose.

— Quand on t'a vu, me dit-il les yeux mouillés, quand on t'a pris contre nous... On a failli faire un enfant.

Il me touche l'avant-bras.

— Mais on aimait trop les voyages et notre indépendance. On a décidé qu'on serait des super tonton et tata, on préférait ça.

Ma vie commence entre un père peintre qui ne peint presque rien, une mère soi-disant photographe qui n'a jamais exposé nulle part, un oncle souvent absent, et une tante qui s'inquiète à chacune de ses visites. Elle trouve mes parents endormis tandis que je hurle, brûlant de fièvre dans mon landau. J'ai un hoquet durant le biberon, ils me l'enlèvent et se mettent à danser, me laissant le ventre creux. Plus tard, je marche à quatre pattes au bord du précipice pendant que mon père est ivre, du rock'n'roll inondant le salon, et que ma mère prend un bain. Quand ma tante arrive, je me mets à hurler. Peut-être ai-je faim ? Elle leur demande ce que je dois manger, ils lui répondent que je raffole des chips. Derrière les murs du château, ça ne tourne pas rond. Cela commence à se savoir. En plein hiver, je suis prostré devant la cheminée, grelottant. Ma mère plaisante : si le froid persiste, elle versera du cognac dans le lait du biberon.

Selon Raymond, je ne manque pas d'amour. Je manque seulement de tout le reste. J'ai des plaques sur la peau, que le médecin inspecte un jour qu'il nous croise tous les trois au village, interloqué par mon état de saleté. Mon père me tapote le crâne en riant, me reproche de n'avoir pas pris de douche depuis huit jours. J'ai 18 mois seulement. Mes grands-parents n'osent plus se rendre au marché, le regard des gens dans leur dos pèse trop lourd. Ma tante fait au mieux, s'occupe des courses, leur dissimule certains détails.

Un jour, elle trouve son père étendu dans le jardin sous un arbre. Durant la cérémonie, on dira qu'il est mort de chagrin, pour ne pas dire de honte. Au fond de l'église, le mien porte un costume rose. Ma grand-mère suivra son mari de peu. Mon père, ce jour-là, optera pour le noir.

Le si fastueux château porte déjà des marques, une porte cassée qu'on laisse ouverte, la peinture qui s'écaille dans l'indifférence, une ampoule grillée qu'on ne change pas, un volet qui se décroche et qu'on laisse pendre dans le vide. Mes parents n'ont pas 30 ans mais sont déjà usés. Plus aucune fête ne se tient à Lochrist. Nous vivons en vase clos et ne recevons plus la moindre visite. Ma tante et Raymond se font du souci pour nous trois.

Surtout pour moi : j'achève mon année de CP, et suis le seul à ne pas avoir réussi à apprendre à lire. À maintes reprises, ma tante a essayé de parler à son frère mais elle n'y parvient plus. Il esquive, blague, ou se met en colère. Il se rend inaccessible. Il ne reste quasiment rien de leur complicité d'antan. Quant à Nicole Olsen, les deux jeunes femmes se connaissaient peu en débarquant à Kerloch, et se sont éloignées depuis. Elles se méfient l'une de l'autre. Selon Raymond, ma tante est jalouse de celle qui lui a pris son frère, et ma mère est envieuse de celle que son homme a aimée avant elle.

— Mais peu importe, abrège-t-il, ça n'est pas le problème. Le problème, c'était toi. On ne pouvait pas te laisser entre leurs mains, on craignait qu'il t'arrive quelque chose. Ou alors il fallait que ça change. On m'a proposé une mission au Congo. On a décidé qu'à mon retour, on irait au château mettre les pieds dans le plat. Je suis parti. Je n'aurais pas dû. Quand je suis revenu, tout avait brûlé.

39

Ma tante attendait Raymond à sa descente d'avion. Elle me tenait par la main dans le hall de l'aéroport. Il nous a fait signe de loin, réjoui, et a compris en s'approchant qu'il s'était passé quelque chose. Elle avait la mine grave.

Je connais la suite, le changement d'adresse, le pavillon dans lequel nous nous trouvons, la vie qui a repris. Les pas de ma tante au-dessus de nos têtes, que j'entends à nouveau. Elle se lève, cette fois. Elle marche dans le couloir, bientôt dans l'escalier. Mon oncle ne parle plus, prend une gorgée de café froid. Nous sommes tous les deux en train de boire quand elle apparaît. Elle n'est pas surprise, me dit un « Bonjour, Mat » mécanique en me faisant une bise. Je veux me lever pour l'embrasser mais elle m'oppose un « Non, non, reste assis ». Elle parle à voix basse afin de ne pas nous déranger, caresse l'épaule de Raymond, se sert à la cafetière.

— Je vous laisse discuter, nous dit-elle. Je vais prendre le soleil.

Elle s'éclipse. La porte qui donne sur l'arrière de la maison émet un grincement, puis elle marche dans l'herbe, sa tasse à la main. Elle est en chemise de nuit. Il est 9 heures.

— Tu crois qu'elle sait de quoi on parle ? je demande.

Raymond ne détache pas ses yeux d'elle.

— Je ne sais pas.

La vie s'est organisée comme ça, à nous trois, dans cette petite maison noyée dans la grande ville. Tout s'est mis en ordre et adouci, tout a trouvé sa place.

Tout à l'exception d'une chose : dans l'intimité, ma tante n'était plus la même. Mon oncle a les larmes aux yeux quand il évoque cela, il me raconte pudiquement qu'elle aimait la vie et qu'elle la célébrait souvent, que les périodes qu'il passait en France étaient riches de caresses et d'amour. À son retour du Congo, elle était encore tendre, chaleureuse, mais cela s'arrêtait là. Elle était fatiguée, ou soucieuse, ou bien indisposée. Dans les premiers temps, Raymond a mis ce repli sur le compte de ma présence et du deuil de son frère. Les semaines et les mois ont passé, une année, puis une autre, et Raymond a compris que rien ne reviendrait.

— Je le sentais, me dit-il. Je le savais.

L'époque n'était pas aux psychologues, on n'allait pas confier ses problèmes ailleurs qu'à l'église. Tout du moins, pas dans notre milieu. Ma tante et Raymond ont continué à vivre ainsi, dans une relation toujours aussi sincère et douce, mais dépourvue de sexualité. Mon oncle a tout envisagé, la tromperie, l'abandon, le suicide, une fois. Mais il l'aimait trop, n'imaginait pas la vie sans elle, et sans moi non plus, désormais. Le petit Mat était aujourd'hui comme leur fils. Ils se devaient de me guider, de me soutenir, de combler au mieux mes failles. J'avais assez souffert.

— Alors, on est restés ensemble. Je réparais les pipelines, et elle vendait des fruits et légumes sur les marchés. Toi, tu travaillais bien à l'école, tu faisais du vélo dans la rue, là, devant, et tu chantais des chansons que tu inventais. Je me disais que tu étais un miraculé. Je me demandais ce que tu serais devenu, si tes parents n'étaient pas morts.

Je veux lui annoncer que ma mère est vivante mais il pose une main sur mon bras, le serre fort, et ce qui suit me glace :

— Je sais que ta mère n'est pas morte. Je le sais depuis trente-cinq ans. Je l'ai appris là, un matin.

Il me montre la porte, celle qu'on n'ouvrait pas complètement car il y avait une sellette derrière, sur laquelle était posé le téléphone. Ma tante s'était levée la première. Je dormais. Raymond était allé se doucher, mais l'eau chaude avait fait des siennes. Mon oncle avait pesté et était ressorti sans fermer les robinets, décidé à aller inspecter la chaudière sur-le-champ. En enfilant son peignoir, malgré le bruit du jet, il avait entendu en bas comme un cri étouffé. Il était sorti de la salle de bains, avait progressé dans le couloir en direction de l'escalier. Du haut des marches, il avait vu ma tante, crispée sur le combiné. Elle insultait un homme, le traitait de salaud en étouffant sa rage.

« Vous avez eu ce que vous vouliez, disait-elle, le château et le reste. »

Puis après un silence, durant lequel elle avait écarquillé les yeux :

« Je ne vous crois pas. Vous n'appellerez pas Nicole Olsen. Vous avez encore plus à perdre que moi. »

40

Ma tante était seule à la maison, quand c'est arrivé. Elle avait décliné l'invitation de son frère à dîner. Elle avait pris une douche, puis s'était mise au lit, par-dessus les draps. On était au cœur de l'été. Une brise s'infiltrait par les persiennes et la rafraîchissait, elle avait entamé la lecture d'un roman. Elle avait fini par éteindre, en songeant à Raymond, qui travaillait dur sous un soleil de plomb, tout là-bas en Afrique. Il rentrait dans treize semaines, ça semblait si loin.

Mais ces treize semaines ont défilé le temps d'un craquement d'allumette, ou bien à la vitesse d'un éclair qui fend la nuit, ou voit un car se fracasser au bas d'une falaise. Ma tante n'a jamais poursuivi le roman commencé. Le matin, elle s'est réveillée, seule dans le grand lit. Il était tôt, et pourtant bien trop tard : elle n'a jamais revu son frère. Tandis qu'elle se levait, marchait vers la cuisine en regardant par la fenêtre le temps qu'il allait faire, et allumait la radio, à l'autre bout du village, le maire et les pompiers contemplaient, désarmés, le manoir calciné. À leur arrivée, les flammes avaient déjà gagné chacune des pièces du rez-de-chaussée. Le temps de dérouler le tuyau, elles léchaient les murs vers les hauteurs, sortaient par les fenêtres. Des explosions survenaient dans le brasier, des bouteilles d'alcool ou de térébenthine surchauffées. Plusieurs détonations, peut-être des cartouches. Quelques heures plus tard, les pompiers, exténués, déploraient leur échec. Ma tante, elle, buvait son café en écoutant une journaliste relater un drame survenu dans la nuit : en Savoie, un car rempli d'enfants avait dérapé dans un virage, terminant sa course contre les rochers, quarante mètres plus bas.

Sur la pointe de Lochrist, le château n'était plus qu'une carcasse, encore là, si solide, mais si vide, et creusée de sillons sombres. De son toit plat s'échappait de la fumée, s'élevant dans le ciel clair de Kerloch. Un des soldats du feu avait alors fait quelques pas sur le côté, pour voir la bâtisse sous différents angles. Le spectacle était dramatique, mais fascinant. Il avait marché à travers les fougères qui bordaient la pelouse, les touchant du bout des doigts, et avait soudain sursauté. Parmi les herbes hautes, gisait un corps de femme. Tout le monde avait accouru, le maire en tête, et on avait reconnu la Norvégienne. Elle respirait. Elle avait été chargée à bord d'un des camions dont la sirène avait fait sursauter ma tante en passant sous ses fenêtres. Elle s'habillait face au miroir en écoutant la journaliste décrire le lieu de l'accident, les rochers, les virages en épingle. On estimait à quarante-deux le nombre de victimes.

À l'hôpital de Brest, on a admis ma mère aux urgences.

Ma tante est arrivée au travail. Comme chaque matin, le maire l'a regardée monter les marches du perron municipal avec envie depuis ses fenêtres, sans se cacher le moins du monde. Ce jour-là non plus, malgré les circonstances. Quand elle est entrée dans le hall, il a passé la tête hors de son bureau et l'a invitée à le rejoindre.

Ma tante s'est exécutée, tirant sur sa jupe et masquant son décolleté. Il lui a demandé de fermer la porte derrière elle et lui a annoncé sans précautions ce qui s'était produit.

« Enfin, je ne sais pas ce qui s'est réellement produit, a-t-il rectifié, je n'en sais rien. Mais enfin, tout a brûlé. »

Ma tante s'est assise sans comprendre.

« Avec ce qu'ils s'envoyaient tous les deux, on peut tout supposer, a-t-il ajouté comme pour lui-même. Bref, la Norvégienne est à l'hôpital de Brest. Et votre frère, il est mort. »

Elle a bondi de sa chaise en hurlant. Il a fallu qu'il la ceinture pour la calmer, qu'il lui parle à l'oreille, qu'il pose ses mains sur elle jusqu'à ce qu'elle se dégage, hors d'haleine. Elle a voulu ouvrir la fenêtre, prendre de l'air, le maire s'est écarté, dépassé.

Qui sait ce qui se produit dans notre tête quand on perd un proche ? Un kaléidoscope de conséquences prend de la vitesse au centre de notre crâne, tout se met à tourner, à se mélanger, on crie d'effroi, de douleur ? On peut imaginer la Norvégienne se réveiller sur son lit d'hôpital, reprendre peu à peu des forces, puis se retrouver seule au pied du manoir en ruine. Serrer son enfant contre elle, et partir. Rentrer dans son pays. Voilà ce qu'a entrevu ma tante au milieu du cataclysme. Elle a su que ma mère déciderait de partir. Son enfant avec elle.

— C'est dans ce bureau que ta vie s'est jouée, m'apprend mon oncle. Dans le bureau du maire. Après ce qui venait de lui arriver, c'était certain, ta mère allait sombrer dans la folie. La laisser s'occuper de toi, ç'aurait été criminel.

Pour empêcher ma mère de partir avec moi, il fallait lui dire que j'étais une des victimes de l'accident de car en montagne.

Un long silence a suivi.

Annoncer ma mort à ma mère.

M'annoncer le décès de mes parents, afin que je ne les recherche pas.

Produire deux certificats, que je demanderais peut-être un jour, les archiver. Et un troisième, le mien, à remettre à ma mère à son réveil en lui expliquant, des sanglots dans la voix, qu'il ne subsiste rien.

Me confier à une amie, le temps que ma mère sorte de l'hôpital et regagne la Norvège. Dans le même temps, vendre la maison de Kerloch.

Déménager.

Ne pas prendre le risque que je puisse déambuler dans le village et que je tombe sur un témoin du drame, un pompier, une infirmière, qui me dirait que ma mère a survécu. Ne pas risquer non plus de voir la Norvégienne revenir en pèlerinage après un an ou deux, et tomber sur son fils remontant de la plage. Éloigner les deux fantômes que nous devenons l'un et l'autre.

Partir pour Paris.

Mettre ce départ précipité sur le compte du deuil nécessaire.

Ne rien dire à Raymond. Ne pas risquer de le voir rentrer pour se mettre en travers du plan qui prend forme. Une fois présent, lui dire qu'on a voulu le protéger.

Il n'a fallu que quelques minutes pour tout planifier. Ma tante en sueur, ma mère sur un lit d'hôpital et moi dans ce réfectoire, et je pense à ce maire qui produit trois faux actes de décès. Pourquoi accepte-t-il ?

— Pourquoi ? répète mon oncle.

Je vois sa colère remonter.

— Pour un château en ruine, lance-t-il avec mépris.

Tant d'années après, la haine qu'il éprouve pour cet homme est intacte.

— Mais pas seulement.

41

Dans son bureau, face à ma tante en déroute, le maire voit immédiatement quel intérêt tout cela peut représenter pour lui. L'homme calcule vite et bien, ne s'encombre d'aucun scrupule, quelles que soient les circonstances. Il gère le village comme il manœuvre son chalutier, d'une main de fer. Un de ses salariés en a un jour fait l'expérience : suite à la mauvaise manipulation du treuil, le filet s'est ouvert au-dessus des flots, relâchant en mer les centaines de poissons qu'il contenait. Le patron pêcheur a vu rouge, a fondu sur le jeune gars, qu'il a soulevé comme une plume et balancé par-dessus bord. Le marin n'a dû son salut qu'à ses collègues, qui l'ont aussitôt secouru, livides, tandis que le capitaine regagnait son poste de pilotage sans se retourner vers lui. Le type taille sa route à coups de gueule et de poings, de vice aussi. Chacun sait ici que le maire se comporte avec les employées municipales comme un suzerain, caressant la taille de l'une, dévorant du regard la poitrine de l'autre. À plusieurs reprises, Raymond a voulu se rendre à la mairie pour lui foutre son poing dans la gueule à titre préventif, mais ma tante l'en a dissuadé. Elle est, lui assure-t-elle, capable de se défendre si le sale bonhomme s'aventurait trop près. Le fait est que, jusqu'à présent, le maire n'a rien tenté sur ma tante qui n'ait dépassé le stade de l'œillade appuyée. Sans doute l'impressionne-t-elle. Le prédateur choisit ses proies.

Ce matin-là, dans son bureau, il voit s'ouvrir une porte. Il imagine la Norvégienne quitter le pays, laissant derrière elle un château qu'elle considérera comme une ruine puisque tout a brûlé. Tout a cramé, oui, mais pas la pierre. À savoir quatre-vingt-quinze pour cent du monument. Quoique noir et vidé, il est intégralement sur ses pieds, les murs d'un mètre d'épaisseur n'ont pas bougé d'un millimètre. Ce château qui le fait rêver depuis l'enfance, l'occasion se présente soudain de l'acquérir pour rien auprès de cette héritière dévastée par le chagrin. Et puis, il y a cette jeune femme devant lui, que sa robe cintrée met en valeur et qu'il n'impressionne pas, ce qui l'excite encore plus. Elle a voyagé, pris le bateau toute seule et vécu chez les Noirs et en Amérique. Elle a dans la démarche des promesses de nuits torrides. Elle peine à reprendre son souffle, cambrée à la fenêtre. Elle, oui, l'impressionne. Et il a enfin quelque chose à monnayer.

— On peut faire ça, lance-t-il.

Elle se retourne et attend la suite.

— Je rédige des certificats de décès. Un pour votre frère, un pour sa femme.

Ma tante l'écoute, haletante, les yeux rivés aux siens.

— Celui de la Norvégienne, je le ferai quand elle sera repartie chez elle, et je l'antidaterai. C'est juste pour son gamin, de toute façon, balaye-t-il. D'ailleurs, il faut que j'en fasse un pour le môme. Ben oui. On le donnera à sa mère.

Il se redresse, bombant le torse.

— En échange, je veux le château. Vous vous débrouillez avec elle, vous lui racontez ce que vous voulez. Je vous fais confiance.

Il salive avec gourmandise, et cela glace ma tante le long de sa colonne vertébrale.

— Je veux le château, et trois jours avec toi. Le week-end du 15 août, la semaine prochaine. Trois jours et trois nuits.

Il s'approche d'elle comme d'un précipice, sûr de sa force, fier du marché qu'il lui met en main, et à la fois tendu comme jamais puisque si près du but. Elle tremble de haine, elle lâche un « D'accord » avant de le gifler de toutes ses forces. Le type se masse la joue, lui passe un doigt sur la gorge, puis les seins, jusqu'au ventre. Elle le laisse faire.

— D'accord, répète-t-elle en le repoussant.

Il respire son odeur, penché sur son cou alors qu'elle sort du bureau.

42

« Je ne vous crois pas. Vous n'appellerez pas Nicole Olsen. Vous avez encore plus à perdre que moi. »

Du haut de l'escalier, mon oncle a entendu ma tante prononcer ces mots. Il a failli tomber, s'est retenu à la rampe. Elle était crispée sur le combiné, pleine de hargne. Il s'est assis sur le palier, ses pieds sur une marche, et l'a fixée sans y croire. Peut-être le bois a-t-il craqué, est-ce le bruit de son souffle court, ma tante a tourné les yeux vers lui et a brusquement raccroché. Ils sont restés ainsi, interdits.

— Ta mère était vivante, résume Raymond. Voilà comment je l'ai appris après plusieurs années de mensonge.

Il n'a pas réagi. Tout était trop incohérent, inconcevable. Il s'est levé, est retourné sous la douche froide, anesthésié. Quand il en est sorti, ma tante était assise sur un tabouret près du lavabo.

« Tu pourras me quitter après, elle m'a dit. Mais d'abord, écoute-moi. »

Elle lui a raconté le feu, la perte, la panique, et le car. L'accident en montagne, mon oncle en avait entendu parler jusqu'en Afrique. Le chef du chantier recevait parfois le journal, que les ouvriers se passaient ensuite. Un soir, Raymond l'avait parcouru, et, dans le flot des infos, ce drame avait surgi. Il avait lu l'article sans se douter que ce tragique fait divers aurait des conséquences jusqu'à Kerloch et au-delà, jusque chez lui, où qu'il se trouve.

— Je ne peux pas dire que j'avais cessé de l'aimer, me confie-t-il. C'est autre chose. Tout d'un coup, c'était une étrangère. Je ne la connaissais plus.

Cela a duré plusieurs mois. Il vivait à ses côtés sans la voir, sans haine, sans rancœur, sans curiosité, sans plus rien. Raymond me dit qu'il était au bord du gouffre mais se reprend, veut cesser de se plaindre. Il se redresse. Il n'a pas souffert, lui, non, pas en comparaison de ce qu'a enduré ma tante. Il a passé plusieurs semaines sans sortir la tête de l'eau, sans parler, sans rien faire d'autre que dormir. Je ne m'en souviens pas. J'avais 13 ans. J'allais au collège comme à un rendez-vous galant après m'être fait beau devant la glace. J'étais un petit gars de la banlieue est, qui savait jouer les durs et aussi se montrer tendre. Je cherchais ma place, en sentant déjà qu'elle serait auprès d'une fille si je parvenais à trouver laquelle et comment m'y prendre, ou bien sur un stand aux puces, celles de Montreuil ou de Saint-Ouen, que j'arpentais, fasciné, le mercredi après-midi. Ces deux pôles m'attiraient trop pour percevoir qu'à la maison, ma tante et Raymond traversaient un trou d'air dont ils auraient pu ne jamais se remettre.

— Un matin, c'est comme si une ampoule s'était allumée. Je n'avais posé aucune question, pas une seule. Ce jour-là, je me suis levé, et j'ai voulu tout savoir, chaque détail. Pour commencer, je lui ai demandé pourquoi le maire la rappelait tant d'années après.

Mon oncle comprenait soudain. Le maire voulait raviver le souvenir.

— C'est là que j'ai su ce qu'il lui avait demandé en échange. Elle n'avait parlé que du château. Il y avait bien autre chose. C'est là que j'ai su ce que ce type nous avait volé.

Un frisson me parcourt. Je n'ose pas regarder dehors vers ma tante, probablement assise, le visage vers le ciel. Mon oncle, lui, tourne les yeux dans sa direction, et je perçois toute la tendresse qu'il a pour elle, l'admiration, et la colère qu'il éprouve pour cet enfoiré de maire.

— Elle ne m'a jamais dit, elle n'a jamais pu. C'est toujours quelque part en elle. C'est son secret, sa honte. Tu te rends compte ? Elle a honte. Quarante-deux ans après, c'est elle qui a honte de ce que ce type lui a fait pendant trois jours.

Je comprends soudain pourquoi la secrétaire bilingue n'a plus rien fait d'autre que peser les tomates et les pommes dans le froid, je comprends pourquoi ils se sont renfermés sur eux-mêmes année après année, jusqu'à ne plus fréquenter personne, je saisis la fêlure et bondis de ma chaise. Mon oncle ne me quitte pas des yeux, ses paupières et ses lèvres frémissent. Je parviens à me maîtriser.

— Moi aussi, j'ai vu rouge, souffle-t-il entre ses dents. Moi aussi, j'ai voulu la venger.

Son regard se perd dans mon dos, quelque part au milieu du mur. Rien n'y est accroché. Il revient à moi. La dureté que je devine en lui depuis toujours, j'en aperçois une infime parcelle. Elle existe. Elle est là.

— Je suis allé voir le maire, lâche-t-il en plongeant dans mon regard.

43

Je suis au collège, en quatrième. Ce jour-là, ma tante fait le marché de Romainville. Raymond est seul à la maison. Après avoir rangé dans le coffre de la voiture un jerrican d'essence, une longue corde et une énorme clé Allen utilisée dans les raffineries, il se met en route. Il roule six heures, parfois trop vite. Il n'a pas remis les pieds à Kerloch depuis des années. À l'entrée du village, un lotissement a vu le jour, sur un terrain jadis acheté par le maire avant de le rendre constructible. Un arrangement parmi tant d'autres. Il va jusqu'à la mairie.

À l'accueil, l'ancienne collègue de ma tante le reconnaît, veut l'embrasser, lui demander des nouvelles, mais il l'interrompt :

— C'est toujours le même ? demande-t-il en montrant la porte du bureau du maire.

— Oui.

— Il est là ?

— Non.

— Il est où ? Sur son chalutier ? En mer ?

— Je ne crois pas, répond la jeune femme.

— Alors il est où ?

— Sans doute au château, chuchote-t-elle.

Au château.

Il se souvient du chemin. Il remonte à bord de la voiture, repart jusqu'à la pointe de Lochrist et son chemin sinueux. Le portail est grand ouvert, il pénètre dans le parc et, après quelques virages, découvre ce que le maire a fait de l'endroit. Tout a été restauré et ravalé, c'est encore plus beau que par le passé. Un frisson parcourt Raymond en découvrant cela, ainsi que le maire, immobile et massif au milieu de la pelouse, tourné vers lui. Une dizaine de mètres seulement les sépare. Raymond coupe le contact et sort. Face à lui, l'homme n'est pas surpris, pas intimidé non plus. Aucun salut ne vient troubler le silence, pas une formule de politesse, juste Raymond qui contourne la voiture pour en ouvrir le coffre, mais l'homme sent quelque chose, il frémit et crie : « Tu veux quoi ? »

— Tout m'est monté d'un coup, reprend Raymond. J'ai foncé sur lui.

Raymond, à 38 ans, est un colosse. Le patron pêcheur en a plus de 50, et, quoique petit, dispose d'une force herculéenne. Il a surtout le vice et l'habitude d'user de ses poings – que ce soit contre un homme, une femme, un animal –, stable et brutal, sans remords. Il s'accroupit et bondit tête la première sur mon oncle, le stoppant net, son crâne en pleine poitrine. Raymond s'écroule dans l'herbe, le souffle coupé. Le type se rue sur lui, mains grandes ouvertes pour lui saisir le cou. Il sait esquiver ses coups de pied, se retrouvant bientôt à califourchon sur son torse, lui balançant ses poings. Raymond n'y peut rien, prisonnier d'un étau. Le sang gicle de son nez, de son arcade, tandis que l'autre le cogne sans relâche et se met à lui parler entre deux râles. Il lui crie « Rentre chez toi », lui remet son poing dans les yeux. « Tu aimes ça. » Et tout à coup : « Comme ta femme. »

Raymond sait qu'il n'a pas eu de regain de vigueur. Ces trois petits mots n'ont pas décuplé ses forces. Ils ont fait mollir celui qui venait de les cracher. Comme si le type avait laissé le souvenir revivre en lui durant une demi-seconde, suffisante pour que mon oncle parvienne à saisir son oreille et ne la lâche plus, tirant dessus comme un forcené.

Le maire bascule et tente de se remettre sur pieds mais il est trop tard, il souffre déjà. Raymond, lui, n'a plus mal nulle part, anesthésié par des années de colère et quelques heures de haine. Il bondit, met son pied en plein dans le visage du maire à quatre pattes, qui s'écroule en arrière en poussant un cri rauque. Raymond le frappe de plusieurs coups de pied dans les flancs, le ventre, faiblissant à son tour. Le maire est inerte. Raymond le laisse ainsi, gisant sur la pelouse, et marche vers le coffre de la voiture. Il avise le jerrican, la corde et la clé Allen. Allongé sur le ventre, le maire se redresse, il prend la fuite en boitant.

— Je l'ai rattrapé en trois foulées, je l'ai poussé dans le dos et il s'est écroulé, la tête dans la terre. Il était à bout de forces. Je l'ai traîné jusqu'au bosquet le long de la pelouse. Tout à coup, il s'est cabré, et il avait une sacrée force, mais je suis arrivé à le maîtriser, je l'ai cogné. Il était recroquevillé au pied d'un arbre. Je suis allé chercher la corde. Je me suis dépêché. Quand je suis revenu, il avait disparu.

Raymond jette un regard circulaire. Il scrute les fougères, les troncs, les feuilles. Il y distingue une forme blanche, tachée de rouge, fuyant vers le manoir. Il se rue sur lui, le rattrape, et le pousse. L'homme tombe contre un arbre, qu'il serre entre ses bras. Mon oncle lui passe la corde au cou. Le type, dans un ultime effort, tente de le mordre au poignet, sans succès.

La cuisine est silencieuse. Ma tante prend le soleil dehors.

— Il s'est laissé faire, les yeux ouverts. Il paraît qu'il y a des choses qu'on n'oublie jamais, eh bien, c'est faux. Je crois qu'il a dit quelque chose, mais je ne sais plus quoi. Tu vois, j'ai oublié. J'ai serré. J'ai passé la corde au-dessus d'une grosse branche, très haut, et je l'ai rattrapée à l'autre bout. J'ai tiré dessus de toutes mes forces et je l'ai soulevé.

Le maire quitte le sol, ses pieds pédalant dans le vide, ses mains tentant de se dégager. Ses yeux s'ouvrent de plus en plus. Raymond continue de reculer dans la broussaille, et hisse l'homme à plusieurs mètres de hauteur, où il finit par l'abandonner après avoir attaché l'autre extrémité de la corde à un tronc. C'est fini.

— Je n'ai même pas attendu qu'il arrête de bouger. Je suis reparti vers la voiture, et j'ai démarré.

En sortant du domaine, Raymond reprend la route du bourg et se gare devant la mairie. La jeune femme qui l'a renseigné tout à l'heure se colle au dossier de sa chaise en le voyant, couvert de sang et de bleus, qui pénètre de nouveau dans le hall. Il s'approche du comptoir, sur lequel il pose ses mains à plat.

— Il était bien chez lui, déclare-t-il. Au revoir.

— Au revoir, balbutie la jeune femme, tétanisée par son état et tout ce qu'elle en déduit.

Quand il rentre le soir, ma tante l'accueille, effarée.

— C'est fini, lance-t-il simplement avant d'aller se doucher.

Elle comprend aussitôt.

Le soir, mon oncle a le visage tuméfié, je peine à le reconnaître.

— Un gars me fait une queue de poisson, me raconte-t-il à table, je le klaxonne. Au feu suivant, il sort de voiture, il vient me voir.

Je le regarde, ses deux yeux cernés de bleu, l'arcade gonflée, les lèvres difformes.

— Je n'ai rien vu venir. Il m'a balancé ses poings comme ça, comme un boxeur.

— Il était balaise ?

— Non, un petit nerveux, précise-t-il en pinçant le bout de sa langue entre ses dents avant que la douleur ne l'empêche de continuer. Un teigneux qui m'a bien ramoné la gueule avant de courir vers sa voiture et hop, plus personne. Ça a pris quoi, une minute.

La quasi-indifférence de ma tante pendant qu'il me conte son calvaire me fait mal jusqu'aux os. J'ai honte pour lui, le colosse humilié que sa femme écoute à peine.

Deux jours plus tard, Raymond va boire un café au *Soleil de Fontenay*, tenu par un Finistérien abonné au journal de Camaret, dont il dévore chaque matin les nouvelles à voix haute pour en faire profiter sa clientèle. Ce jour-là, il lit avec attention l'article relatant le suicide du maire de Kerloch. Personne, donc, n'a parlé de sa venue là-bas, ni des bleus ni du sang qu'il avait sur le visage et partout ailleurs en partant. Un suicide qui doit en arranger plus d'un.

— Une ordure de moins, commente le cafetier, qui découvre en même temps le visage tuméfié de Raymond qui entre. Oh ! là, ben, il t'est arrivé quoi, à toi ?

— Un petit souci à un feu rouge.

— Ben si toi tu es dans cet état-là, j'aimerais pas voir la tête de l'autre, rigole-t-il.

44

J'ai poursuivi ma scolarité, Raymond a retrouvé ses traits ordinaires. Peut-être est-ce à ce moment-là qu'il a pris cet air surpris qui ne l'a plus jamais quitté, trop étonné de sa propre violence pour être capable de passer outre. Ma tante n'a pas paru moins tendre, pas plus douce non plus, ma tante est restée telle que je la connaissais.

Elle n'a pas bougé de son petit banc dehors, nous la regardons à travers la fenêtre de la cuisine sans qu'elle s'en rende compte. Elle est de trois quarts dos, je distingue le côté gauche de son visage. Elle ne peut pas entendre, et j'ai pourtant l'impression qu'elle nous écoute.

— Bien sûr qu'elle sait de quoi on parle, me dit Raymond tout bas, en réponse à ma question d'il y a une heure.

Il est empli de tendresse et d'émotion quand il se tourne vers moi.

— Je sais que tu as imaginé qu'on t'avait volé, j'en suis sûr. Même moi, j'y ai pensé. Ça arrive. Tout arrive. Mais ta tante ne voulait pas d'enfants, vraiment. Quand elle t'a imaginé repartir dans les bagages de ta mère, elle a paniqué. Je te le promets, Mat, elle a fait ça pour ton bien, pas pour le sien. Ça te paraît peut-être délirant, criminel, je ne sais pas, mais c'est la vérité : elle a fait ça pour te sauver. Et je peux te dire qu'elle l'a payé cher.

Il s'approche de moi, me prend par les épaules comme il le faisait quand j'étais enfant, ce qui m'exaspérait à l'adolescence. Par la suite, je n'ai fait que courir après ces marques d'affection devenues trop rares par ma faute, et je sens sa poigne, sa douceur. Il frémit autant que moi.

— Et pourquoi l'album ? Pourquoi vous m'avez envoyé l'album au dépôt-vente ? Et pourquoi le cambriolage ensuite, et la maison ?

Je parle de plus en plus bas. J'ai envie de sortir, de prendre dans mes bras cette vieille femme à laquelle je dois tant, de lui dire que je l'aime. Je le ferai. Pour le moment, je laisse mon oncle tout m'avouer, puisqu'il est l'heure.

— Pourquoi ?

Je suis prêt à l'entendre, je pressens ce qu'il va me dire et je sais que cela va me faire mal. Il tarde à me répondre. Nous avons tout notre temps, désormais.

— Je n'en sais rien.

Je l'écoute.

— Je ne sais pas d'où pouvaient sortir cet album ni ces types. Je ne sais pas ce qu'ils voulaient.

Je me rassieds sans le quitter des yeux, et cela le surprend.

— Tu croyais que c'était nous ? Tu croyais qu'on était derrière tout ça, le cambriolage, ta maison qui brûle, l'album, tout ?

Il est effaré par ce que j'ai pu penser.

— Tu as cru qu'on avait mis le feu à ta maison ? répète-t-il.

— Vous avez bien fait une tombe à mon nom, dis-je pour me justifier, ou peut-être pas vous deux mais l'un de vous deux, en tout cas.

Il fronce les sourcils :

— Quoi ?

— Au cimetière de La Guillotière, à Lyon. Les victimes de l'accident de car y sont enterrées, quarante-deux tombes blanches. Au bout de l'allée, il y a Catherine Dourdan.

Raymond s'assoit à son tour, blême.

— Catherine Dourdan, articule-t-il, c'est le nom de celle...

— Oui.

Raymond a les bras qui pendent de part et d'autre de la chaise sur laquelle il s'est laissé tomber, tandis que je lui raconte ce que nous avons découvert. J'imagine pas à pas que cette tombe est l'œuvre de ma tante à l'époque, et qu'elle ne lui en a jamais parlé, mais Raymond me devance :

— Je connais ce cimetière, reprend-il. On y est allés, ta tante et moi. On a voulu lire les noms de tous ces gamins parce que, s'ils n'étaient pas morts, on ne t'aurait pas recueilli. Tu comprends ? Sans cet accident, ta mère serait repartie en Norvège avec toi à sa sortie d'hôpital, et on ne t'aurait sans doute jamais revu. Alors j'ai voulu voir ces tombes de gamins, y déposer un bouquet. Je me sentais redevable. C'était un mois après avoir tué le maire.

Il ravale sa salive. Moi aussi.

— Je me souviens très bien de toutes les pierres blanches, le nom en doré, Mat. On les a fleuries une à une. Il n'y avait pas de tombe à ton nom.

Je lève les bras, je veux dire stop. Il me faut au moins une certitude, quelque chose qui ne se dérobe pas, qui ne me file pas entre les doigts. J'ai besoin qu'une de mes suppositions soit juste :

— La maquette, c'est ici ? je demande.

J'ignore son étonnement. Je me lève.

— Quelle maquette, Mat ? demande-t-il en se levant à son tour.

Je ne réponds pas, je vais dans le couloir, là où se trouvait ma tante au téléphone avec le maire, je marche, je vois l'escalier, en haut duquel Raymond se tenait, j'avance. Au bout de ce couloir se trouve la porte qui mène au sous-sol, j'allume, il trottine à ma suite en continuant de me questionner, son ton se fait plus énergique et me voilà bientôt dans l'escalier, que je dévale, et quand j'arrive en bas, face à la porte de l'atelier, Raymond n'est encore qu'au milieu des marches. J'ouvre.

J'entre.

J'allume.

45

Je tourne sur moi-même au milieu de cette pièce qui sent la vieille essence et l'établi poussiéreux, je reste là, pantois : il n'y a pas la moindre maquette ici, pas de manoir au toit plat. La cave du pavillon de Fontenay ne recèle rien d'autre qu'une incompréhension sans borne : la mienne.

— Quelle maquette ? répète Raymond, arrivé dans mon dos.

Je lui raconte le site découvert par Laurie, mon passage à la mairie de Kerloch, puis au château, la visite qu'a reçue le châtelain avant nous. On se dirige vers l'étage, on retourne dans la cuisine. Le niveau dans la cafetière a baissé, ma tante a profité de notre absence pour venir se resservir une tasse. On s'assoit, et je sais à présent qu'elle est aux aguets. Elle est assise sur son banc de pierre, tournée vers le soleil.

— Quelle femme, fait Raymond tout bas.

J'ai honte, j'ignore de quoi. Je me sens minuscule.

— Je ne sais pas d'où sort cet album, qui te l'a mis sous les yeux. Je ne sais pas où est la maquette dont tu parles. D'ailleurs, je ne sais pas non plus ce qui s'est passé au château la nuit de l'incendie, je ne sais pas tout ça. Ce que je sais, c'est que ton père et ta mère étaient cinglés. Peut-être que toi, tu trouverais ça normal, peut-être que les chanteurs de rock sont comme ça, ou bien les comédiens, les artistes. Ou peut-être que je suis du monde d'avant, et que eux, ils étaient du monde d'après, ou de celui d'aujourd'hui. En tout cas, on ne vivait pas dans le même. On ne pouvait pas se comprendre.

Il désigne ma tante, immobile.

— Elle non plus ne comprenait pas. Elle comprend beaucoup de choses, pourtant, plus que moi. Mais son frère et ta mère, non, même pour elle, c'était devenu trop.

Puis après un silence, relevant les yeux vers moi :

— Ce que je sais, c'est qu'on est vieux. Je comprends très bien que tu veuilles savoir à quoi tout ça rime. Tu te rends compte que ta tante évite le sujet, elle sait de quoi il est question. Elle en a assez bavé. Moi, c'est pareil, Mat. On a payé notre part. Je suis désolé de te le dire, mon petit gars – tu seras toujours mon petit gars –, mais je suis fatigué. Je t'ai dit tout ce que je savais. Le reste, l'album, ton entrepôt, ta maison, c'est ton histoire. La mienne, la nôtre, elle est bouclée. Et je te promets qu'on a fait de notre mieux. La suite, c'est toi que ça concerne. Je peux juste te donner un conseil, le dernier : reste là.

— Pourquoi ?

— Parce que ta mère était richissime et cinglée, ça ne peut rien donner de bon. La preuve. Ta maison a brûlé, un type est mort dans ton bateau. Ne cherche pas à en savoir plus.

— Tu ne peux pas me demander ça.

— Je sais. Je ne peux pas. Mais toi, ne me demande pas d'aller plus loin. Pardon, Mat.

Ses yeux s'embuent.

— Pardon, mais je vieillis.

Je le revois quand il me faisait courir sur son dos, ou bien me portait sur ses épaules au milieu de la foule. Il me lâchait la main sur le seuil de l'école à la rentrée des classes. Je repense à mon premier vélo, celui au guidon duquel j'ai eu l'impression que le monde allait s'offrir à moi, à ses bras cuivrés quand il revenait d'Afrique, la peau de son cou, le sable doré qu'il me rapportait, que je prenais pour de l'or. Et ce vieil homme devant moi s'excuse de ne pas m'accompagner plus loin. Je le serre dans mes bras. On est assis, penchés l'un vers l'autre, je songe que nos vies se résumeront à ça, à nos larmes mêlées, Raymond et moi nous aimons pour toujours. Dehors, ma tante n'est plus sur son banc. Ses mains se posent sur nos deux épaules.

— Il n'y avait qu'un seul corps dans le cercueil que j'ai largué en mer, avoue-t-elle. Celui de mon frère. Je ne t'ai menti qu'une fois, Matelot, je te le promets. Pardonne-moi.

J'ignore comment elle a pu entendre tout ce que nous nous sommes dit.

— D'ailleurs, je suppose que tu as compris qui était le marin-pêcheur avec lequel je suis partie, ajoute-t-elle presque pour elle-même. C'était le maire.

Puis elle se reprend :

— J'étais certaine que ta mère allait rentrer en Norvège. Ensuite, je lui aurais dit qu'un monument allait être construit sur le lieu de l'accident, que j'allais la tenir au courant. Mais ça n'a pas été nécessaire. Quelque chose s'est verrouillé en elle à l'annonce de ta mort. Elle est partie dès sa sortie de l'hôpital, et on n'a plus jamais eu aucune nouvelle. Cette tombe, ça ne vient pas de moi.

Je ne réponds pas.

— Fais attention, Matelot, murmure-t-elle.

Elle ne m'a jamais appelé comme ça, seule ma mère me donnait ce surnom.

— On sait que tu es bien entouré, mais fais attention. Ton oncle a raison : Nicole était capable de tout. Dieu sait ce qu'elle a pu devenir.

— Elle était où ? Sa famille était d'où ?

Ma tante et Raymond se regardent, et je vois que l'un et l'autre connaissent la réponse.

— Elle était de Bodø. Tu y es allé il y a plus de vingt ans. Tu nous as même envoyé une carte de là-bas.

46

C'est vrai, je suis allé à Bodø il y a longtemps, au guidon de ma Triumph, que je venais d'acquérir. C'était même mon premier périple en solitaire, après les six mois de prison que je venais de purger pour quelques cambriolages. Ma plus longue peine, la dernière. Avec moi, ça a marché. Ces six mois coupé du monde ont suffi à me faire comprendre ce que j'espérais vraiment dans la vie et surtout, de quels moyens je disposais pour y parvenir. En vérité, je les avais tous – et c'est pour cela que ça a fonctionné. Je n'avais pas eu de parents, mais j'avais eu ma tante et Raymond. En prison, je n'avais croisé que des gars qui n'avaient pas eu cette chance-là, et parfois même aucune. Eux, n'avaient pas d'autre choix que de finir ici. Ils y sont probablement toujours, car on ne leur a jamais rien proposé d'autre que de leur taper dessus, plus fort que la fois précédente, pour qu'ils comprennent.

Moi, durant cette période passée à l'ombre et parmi les illettrés, j'avais identifié les cartes que j'avais en main, multiples : je savais lire et écrire. Et à force d'arpenter les puces depuis l'adolescence et de lier connaissance avec les exposants, je savais discerner le vrai du faux. Je connaissais les styles Louis Philippe, Louis XVI et

Henri II, qui n'avait à l'époque aucune cote ; je savais nettoyer le bronze et différencier le merisier du chêne, faire une greffe en queue-d'aronde et un vernis au tampon. J'avais deux ou trois trucs en tête. Je pouvais être brocanteur. Surtout, j'en avais envie. Raymond était venu me chercher le jour de ma sortie, il m'avait retrouvé sur le trottoir de Fresnes, moi seul, lui timide. En route vers le pavillon, je lui avais expliqué quels étaient mes projets.

— Pourquoi pas ? avait-il répondu.

Son faible enthousiasme m'avait déçu.

— Moi, je crois que tu devrais aller prendre l'air, faire un voyage. Même pas loin, au bord de la mer, ou bien à Bruxelles, mais aller voir ailleurs deux ou trois semaines. Ça te ferait du bien, après six mois de cellule.

J'avais répondu du tac au tac :

— Je vais partir en Norvège.

Je le sais à présent, il a frémi en m'entendant prononcer ces mots. Moi, j'étais presque déjà parti :

— Je vais y aller avec la Triumph. Je vais rouler jusqu'en haut, voir les aurores boréales. Et redescendre. Il faut que je m'achète une tente et un gros sac de couchage.

Il m'écoutait, heureux de ma gourmandise et pétrifié à l'idée de me voir gagner les terres où ma mère était probablement repartie vivre. Bien sûr, les chances que nous nous croisions étaient infimes, mais de quoi sommes-nous vraiment à l'abri, dans la vie ?

Je me suis mis en route trois jours après, ma tante et Raymond sur le perron de la maison, et moi sur la Triumph, sur le porte-bagages de laquelle j'avais attaché mon barda. J'étais heureux. Ils étaient tétanisés.

Ce voyage, je m'en souviens car c'était le premier. J'ai posé le pied en Norvège après trois jours de route à travers l'Allemagne, suivis d'une traversée de huit heures à bord d'un bateau mixte, de touristes et de marchandises. Ensuite, je me suis dirigé vers le nord en ayant l'impression de me lancer à l'assaut de l'inconnu. J'étais comme au guidon de mon premier vélo de course : au seuil du monde entier. Je me souviens de ce voyage parce qu'après plusieurs jours de route, arrivé à Bodø, petit port face à l'océan Arctique, j'ai pris conscience de ce que ma tante et Raymond avaient fait pour moi depuis toujours. J'ai songé aux années que je venais de vivre et de leur faire subir. J'ai pensé aux types croisés là-bas, pour qui la vie était un couloir étroit. Je suis descendu de selle, j'ai marché le long du port bordé de façades multicolores, avec l'eau glacée en bas, sur laquelle flottaient quelques bateaux de pêche, et je me souviens très bien de cette carte postale, que j'ai achetée. J'ai inscrit trois mots derrière : « Je vous aime. » Après l'avoir glissée dans la boîte, j'ai pris une cigarette norvégienne, que j'ai allumée face au large. Je me sentais libre, déchargé de mes poids. Prêt à vivre. J'étais à mille lieues d'imaginer qu'à quelques encablures sommeillait mon passé. Ma mère était en vie. Elle fumait, elle aussi, en contemplant la mer.

47

Il m'était impossible de ne pas raconter à Anna, bien sûr, mais également à Mylène et Gary, tout ce que Raymond m'a confié. Je n'ai rien occulté, ni le décès maquillé de ma mère ni le meurtre du maire. Ils m'ont laissé parler longtemps.

Nous nous trouvons chez Mylène, dans l'appartement qu'elle nous prête. Je suis dans les cordes, épuisé. Eux aussi. Nous savons pourtant tous les quatre que ça n'est pas fini. Le dénouement se trouve à environ trois jours de voiture d'ici, sans compter la traversée. Mylène a l'air gêné.

— Nous ne nous joindrons pas à vous pour ce voyage, finit-elle par me dire en posant sa paume sur l'épaule de Gary.

Il acquiesce. Un court silence suit, durant lequel Mylène me fixe. Anna et Gary observent la scène soudain figée. Sans que Mylène ne détache son regard de moi, elle me remercie tout bas. Je ne comprends pas mais l'invite du regard à poursuivre, elle répète, me remercie. Gary se concentre.

— Quand je me suis présentée, mon CV sommaire à la main, je sortais tout juste de prison.

Et face aux yeux ronds de Gary :

— J'ai fait huit ans. J'étais le mouton noir de la famille, explique-t-elle. J'avais quelques diplômes, des relations, beaucoup d'argent, tout s'annonçait pour le mieux, n'est-ce pas ? Mais je voulais vivre à ma guise. Je n'ai pas eu la force de le faire simplement. J'ai cru qu'il me fallait faire quelques coups d'éclat, me battre...

Elle dit tout cela avec une simplicité non feinte et une grande distinction, telle qu'elle est.

— J'ai fait de nombreux métiers, j'ai aimé beaucoup d'hommes. Un en particulier, que j'ai suivi dans une aventure, puis une autre. Il s'appelait Paco, glisse-t-elle à Gary, qui ne perd pas une miette de ce qu'elle nous raconte.

Elle se moque d'elle-même en répétant « l'aventure », en ouvrant ses bras en l'air. L'aventure a mené Mylène au braquage d'une bijouterie dans le sud de l'Espagne. Son homme est sorti de la boutique après avoir tiré sur le patron, s'est rué dans la voiture au volant de laquelle Mylène l'attendait, enfonçant l'accélérateur, percutant au passage une grand-mère qui en est morte.

— Nous nous sommes fait arrêter le lendemain dans une chambre d'hôtel dont je ne voulais plus sortir, tétanisée. Mon compagnon a pris vingt ans, moi dix. Il en a fait quatre, et a été poignardé dans sa cellule. Je n'ai pas eu l'autorisation de me rendre à ses obsèques, nous n'étions pas mariés. À ma sortie, ma famille a mis cet appartement à ma disposition, et m'a sommée de ne plus jamais m'approcher d'aucun de ses membres. Je me suis retrouvée totalement seule... Et le miracle s'est produit, Mathieu : vous avez passé cette annonce pour un poste de vendeuse, et je suis tombée dessus. Vous vous demandez pourquoi je n'habite pas cet appartement mais une chambre de bonne ? Parce que après huit ans passés dans neuf mètres carrés, les grands espaces me terrifient, je ne peux plus vivre ailleurs qu'en cellule.

Elle prend une gorgée de vin, repose son verre et nous embrasse du regard.

— Je vous dis merci car grâce à vous je mène une existence normale. C'est le combat de ma vie. Je le sais, aujourd'hui : pour échapper à mon milieu, il me suffisait d'arrêter de croire que j'en étais prisonnière. Je l'ai compris un peu tard…

Elle est apaisée. Je ne suis pas étonné par ce qu'elle vient de nous révéler, et Gary n'a pas l'air de l'être non plus. Anna nous regarde tous les trois, me prend la main.

— Moi, je viens avec toi, souffle-t-elle.

— Tu n'es pas obligée.

— Je sais.

Elle a dit cela bien fort.

— Mais tu vas parler quelle langue là-bas ?

Et elle m'imite, prend une tête d'ahuri en prononçant des onomatopées, des « ha beh bah mother, heu, big fire, understand ? Capiche ? ».

— Ben oui, je viens avec toi. Je ne vais pas te laisser te ridiculiser comme ça, mon amour.

Gary n'en revient pas, et Anna s'en rend compte.

— Alors toi, lui dit-elle, on te dit que tonton a pendu un bonhomme dans les bois, ça va, ça passe. Mylène te raconte qu'elle a fait huit ans de cabane, c'est pas grand-chose non plus, c'est la vie. Par contre, je parle comme ça à ton patron, là ça coince !

Mylène se met à rire, suivie de Gary. J'ouvre une nouvelle bouteille de vin. Il m'est impossible de rebrousser chemin.

Je le pense encore quand nous arrivons en Norvège trois jours plus tard, Anna et moi, à bord de la Mercedes. Nous nous sommes relayés, traversant la Belgique, les

Pays-Bas, l'Allemagne, puis le Danemark. Nous avons roulé jour et nuit. Au milieu de l'Allemagne, vers Bielefeld, Dagan m'a appelé. Il était très inquiet, voulait savoir où je me trouvais. Quand je lui ai répondu que nous étions à vingt heures de route de chez nous, il a paru soulagé.

— Il y a une nouvelle victime, a-t-il alors lâché.

— Quoi ? Quelle victime ?

— Le type qui est mort dans la Marne en chutant de votre bateau, vous vous en souvenez ?

— Bien sûr.

— Vous vous rappelez qu'il avait deux balles différentes dans le corps, une tirée par la police et une par on ne sait quelle arme ? Cette arme vient de faire une nouvelle victime. La balistique est formelle. Un type s'est fait abattre en plein Paris, deux rues derrière l'appartement qu'on vous prête. Et ce qu'il y a de très étrange, c'est que ce second cadavre a un point commun avec le premier : trois plombages réalisés dans un pays nordique.

— Sans doute en Norvège, j'ai répliqué autant pour lui que pour moi-même.

Il a laissé passer un silence.

— C'est là-bas que vous allez ?

Il avait changé de ton. On aurait dit qu'il était désarmé. Il n'a pas attendu que je lui réponde.

— Je suis vraiment désolé, a-t-il continué, je suis navré du temps que ça prend. Je ne peux pas vous dire de rebrousser chemin, de nous laisser faire, mais quand même, faites très attention. Je comprends que vous vouliez savoir, mais vous marchez sur des braises. Il y a déjà eu deux morts.

Je n'ai rien ajouté. Il avait raison, mais il était trop tard pour faire demi-tour.

Plus maintenant.

Nous sommes arrivés au port de Hirtshals à l'aube ce matin, notre premier moment de calme après ces dizaines d'heures de route. Bien que nous soyons fatigués, nous avions la sensation d'être enfin au bord du monde. Il nous restait à sauter.

Nous avons embarqué sur un ferry, la voiture sur le pont avant. La Norvège était de l'autre côté de cette mer glacée dans laquelle se reflétait le ciel. Le navire fendait l'eau limpide et laissait un interminable sillage derrière lui. Nous avons bu un café, appuyés au bastingage en contemplant les fjords. Nous ne redoutions rien. Nous étions en apesanteur, coupés du monde par des heures de sommeil en retard et par ces milliers de kilomètres que nous venions de parcourir, bercés par la berline. Nous avons accosté le quai, et les passagers ont été invités à rejoindre leurs véhicules pour se mettre en marche. À l'avant du ferry, la grande porte s'est baissée, et nous avons vu la route apparaître devant nous, au milieu de laquelle un employé de la compagnie nous faisait signe. Il portait une chasuble jaune un peu grande et une casquette de marin. Après quelques mètres seulement sur le bitume scandinave, le type en faction a tendu son bras vers la droite nous signifiant de nous garer le long de l'embarcadère.

Derrière nous, les autres passagers filaient sans subir le moindre contrôle.

48

Le type s'efforce de nous impressionner. Il commence par faire le tour de la voiture au pas, l'inspectant de haut en bas. Il dit deux ou trois mots pour lui-même en nous lançant un coup d'œil et, face à notre incompréhension, nous jette un regard de mépris, avant de continuer son état des lieux. Il tape avec son pied dans un pneu, geste inutile mais brutal et dédaigneux. Je me demande quel est son rôle, j'ai cru qu'il était un employé de la compagnie mais peut-être est-ce un flic. Seul, sans arme, il ne s'est pas présenté. On attend.

Quand il se décide à terminer son inspection, il se plante face à nous, nous dévisage, surtout moi. Il se force à ne rien laisser paraître. Puis il parle.

On ne comprend rien.

Il répète d'un ton un peu plus ferme.

On s'est documentés sur le trajet, penchés sur nos téléphones à tour de rôle : tout le monde ici maîtrise l'anglais, or ce connard nous parle en norvégien. Anna prend l'initiative de s'adresser à lui, elle lui demande ce qu'il veut.

Le type répète sa phrase d'un air narquois. Anna et moi ne savons comment réagir. Il ouvre à nouveau la bouche pour demander dans un anglais parfait le motif de notre voyage. Anna lui répond que nous venons en touristes. Le gars met ses mains dans les poches, bombe le torse, écoute et jouit de son pouvoir. Il n'est ni flic ni douanier ni rien, je m'en rends compte quand sa parka s'entrouvre, ça ne dure qu'une demi-seconde. Sur sa poitrine, le nom de son employeur est brodé, qui se répète en gros sur l'immense bâtiment dans son dos, souhaitant la bienvenue aux nouveaux arrivants : Olsen Ltd.

— Anna, on s'en va, je lâche en ouvrant la portière.

Le petit gars recule, démasqué mais arrogant. Nous montons à bord et je remets le contact. Le type reste dans le rayon de braquage de la berline, il ne bouge pas d'un pouce durant la manœuvre, le bout du capot le frôle, il pivote sur lui-même pour nous regarder disparaître. Dans le rétroviseur, il demeure immobile, fier, persuadé de nous avoir intimidés. Cet avorton n'était rien, en tout cas pas un flic. Il était juste chargé de signaler notre arrivée à je ne sais qui, et de nous le faire comprendre. On vient de nous l'annoncer : nous entrons sur la terre des Olsen.

Nous roulons un peu, laissant le port derrière nous. Plus de deux mille kilomètres nous attendent avant de parvenir à Bodø, nous mettrons deux jours au moins. Avant de nous enfoncer dans la forêt, nous faisons une halte dans une station-service posée sur le bord de cette route rectiligne. La couleur des pompes est la même que celle du hangar sur le port, et le polo que porte le pompiste me fait tressaillir quand je le vois marcher vers nous : Olsen Ltd. Anna referme d'instinct sa portière. Moi, au contraire, je l'ouvre en grand et sors de l'habitacle en hâte. Je suis bientôt face au gars, qui me lance un bonjour chaleureux. Il jette un œil admiratif à la voiture, lui donne une tape affectueuse sur l'aile arrière en prenant le pistolet en main, et l'enfourne dans le réservoir ouvert. Il nous fait le plein et m'adresse un large sourire. Je remonte à bord sans rien comprendre à son attitude, Anna prend la carte de crédit dans la boîte à gants.

— Il te drague, elle me dit. Je vais lui casser la gueule.

Elle sort, marche vers l'intérieur. J'entends le pompiste refermer le réservoir, et je le vois bientôt la suivre.

— Tu as raison, me dit-elle quand elle remonte à bord, il est bizarre : il m'a demandé si je voulais vraiment payer.

Le GPS nous permet de tracer notre itinéraire. Je n'ai que peu de souvenirs de mon voyage il y a plus de vingt ans, je n'en ai surtout aucun du trajet que j'avais emprunté. Cela n'a peut-être pas beaucoup changé, étant donné que nous ne faisons que rouler dans une forêt qui ne semble pas connaître de limite. À un embranchement, nous nous arrêtons, pour le simple plaisir de l'œil : devant et derrière nous, tout comme à droite et à gauche, nous voyons une étendue verte et broussailleuse traversée par un fin trait de bitume, sur lequel nous nous trouvons. Nous sommes au cœur de milliers d'hectares d'épicéas. Il nous arrive d'oublier ce pour quoi nous sommes venus et nous nous comportons comme de simples touristes que cette nature émerveille. Nous ne pouvons de toute façon plus rien échafauder. Nous roulons vers la vérité.

Il y a dans le coffre de quoi tenir un siège, nous avons fait des courses avant de quitter Paris. Plusieurs packs d'eau, du lait, également de quoi manger, quelques boîtes, surtout de quoi nous confectionner des sandwichs, et deux gros pains de mie. Cerise sur le gâteau, une bouteille de vin, cadeau de Mylène, que nous avons ordre de boire à notre santé à tous dès le premier soir ici. C'est ce que nous décidons de faire à la nuit tombée, sans avoir croisé de voiture depuis plusieurs dizaines de kilomètres. Nous montrons l'un et l'autre des signes de fatigue, et décidons de nous garer dans un chemin forestier. Nous y pénétrons, avançons un peu, puis serrons le frein à main. Nous sommes exténués. Quand Anna sort pour aller chercher dans le coffre de quoi faire un festin, elle s'étonne de la fraîcheur ambiante. Je l'accompagne, nous prenons nos pulls et les duvets que nous avons apportés, ainsi que les deux couvertures. Nous allons dormir là, dans la Mercedes. Malgré les circonstances, cela nous excite comme des enfants.

Assis à l'arrière, le plafonnier allumé, nous mettons même de la musique, nous qui avons voyagé en silence toute la journée. Nous sommes comme dans un salon. Je débouche la bouteille, Anna sort les deux verres à pied que Mylène a glissés dans le sac, et nous trinquons à nous dans cette immensité verte. Un tout petit point de lumière et de chaleur, dans l'océan végétal au cœur duquel nous nous trouvons. Il fait bon dans la berline. Dehors, les oiseaux de nuit slaloment entre les troncs, traquant leurs proies. Les rongeurs aux yeux rouges se mettent à l'abri, laissant le terrain libre aux prédateurs nocturnes. Le froid s'abat sur ces milliers d'hectares. À quelle distance se trouve la première habitation ? Combien d'heures de route, combien de journées de marche ? Nous n'avons jamais été si loin de tout, et nous trinquons à cela, sans nous douter que la première âme qui vive est à cent mètres à peine, cachée derrière un arbre.

49

Nous nous réveillons à l'aube, bien au chaud sous nos couvertures mais le visage frigorifié. Tout nous indique qu'il fait froid dehors. Les vitres sont couvertes de buée malgré le petit jour laissé de mon côté. On dirait que le paysage est recouvert de neige. L'horloge sur le tableau de bord, qui s'est mise à jour quand nous avons passé la frontière, nous indique qu'il est un peu plus de 5 heures. Il fait jour. Je passe ma main sur la joue froide d'Anna, et je me faufile entre les deux sièges avant pour mettre le contact à bout de bras. Le moteur démarre d'une simple pression du pouce sur un bouton rond près du volant, s'emballe, trouve son rythme et ronronne. J'allume le chauffage et la ventilation, ça ne devrait pas être long avant que la température grimpe. Je me blottis contre Anna, la prends dans mes bras.

Du temps de notre maison sur l'île Sainte-Catherine, il nous arrivait de dormir dans le bateau amarré au ponton sur la Marne. Tout y était sommaire, et nous couchions presque à même le sol sur un matelas qui se relevait sur les bords, épousant les formes de la coque. Cela nous poussait inévitablement l'un contre l'autre, mais nous étions bien. Ce matin, à l'arrière de la voiture, nous retrouvons un peu de ces sensations devenues si lointaines. Nous sommes des trappeurs. L'aiguille de température du moteur monte doucement, et l'air de la soufflerie tiédit. Dans le coin des vitres, la buée commence à se faire moins opaque. Dans quelques minutes, il fera bon dans l'habitacle. Nous pouvons basculer un tiers de la banquette et ainsi accéder au coffre sans mettre le pied dehors, je fanfaronne un peu, fier de ma trouvaille et m'exécute. Je plonge derrière le dossier tandis qu'Anna se pousse sur le morceau de siège restant. Je fouille l'obscurité, je veux trouver les barres chocolatées que nous avons emportées, un litre de lait aussi. Nous nous arrêterons sur la route pour prendre un café, mais il est possible que nous ne croisions pas la moindre gargote avant quelques centaines de kilomètres. Anna m'interrompt :

— Mat.

Je m'immobilise.

— Quoi ?

Je sens l'urgence dans sa voix, je me débats pour m'extraire du coffre et regagner la banquette arrière. Sur les vitres, ce qui reste de buée s'estompe, chassé par l'air chaud. À seulement deux mètres se trouve un homme. Il est immobile au milieu de la végétation. Il a le crâne rasé, ses yeux exorbités rivés sur nous. Quand nos regards se croisent, la peur s'empare de moi. Lui bondit vers la voiture.

Je saute sur le siège avant. Le type frappe au carreau, le regard fixé sur moi. Le moteur est chaud, prêt à rugir, j'enclenche la marche arrière pour atteindre la route, quitter ce sentier, j'embraye en enfonçant l'accélérateur. Le type a les mains à plat sur la vitre. Une secousse traverse l'habitacle, comme si nous tombions dans un trou, en même temps qu'un grand bruit nous parvient. Je comprends aussitôt, et son sourire édenté en témoigne : il a mis sous nos roues des équerres de métal. Je viens de faire exploser nos quatre pneus.

50

J'accélère comme un forcené pour atteindre la route, mais le premier tour de roue suffit à me faire comprendre que les équerres vont tout flinguer, les pneus, les jantes, les passages de roues, peut-être même les essieux. Nous ne ferons pas cent mètres. Je cesse aussitôt. Nos téléphones ne captent aucun réseau, on ne peut appeler ni la police ni aucun dépanneur. Nous sommes tous les deux perdus au milieu de nulle part dans une voiture hors d'état, derrière laquelle se tient ce type, et je n'ai pas d'autre choix que de sortir.

Anna tente de me retenir, mais il est trop tard, j'ouvre la portière et sens la violence qui court en moi, elle renaît et grossit comme un ouragan. Je pose les pieds sur le sol, me déplie. Dans mon dos, Anna crie. Je vais me jeter sur l'homme, le cogner jusqu'au bout, et je vois sur ses traits qu'il est soudain terrifié. Cela ne me calme pas, je bondis, mais il tombe à la renverse, le cul dans l'herbe mouillée, en me lançant un bout de papier chiffonné. Il enroule ensuite ses bras sur son visage de dégénéré, se recroqueville. Je parviens à me retenir de lui shooter les flancs mais il faut que ça sorte, je hurle en l'air. Anna quitte à son tour la voiture, se met entre nous deux, ramasse le morceau de papier, qu'elle lisse contre sa cuisse :

— « Suivez cet homme, lit-elle. Vous pouvez lui faire confiance. Votre voiture était trop voyante. »

Je suis dans le même état qu'à ma sortie de l'hôpital, exténué par ce que je viens de vivre, effaré de constater que la violence est encore en moi après toutes ces années. Elle est là qui rôde. Il me faudra la contenir jusqu'à la fin. Je hurle à nouveau.

Accroupi dans les herbes hautes et les fougères, l'homme n'a pas bougé. Il se protège la tête. Je n'ose pas aller le toucher, j'ai peur de le frapper. Je m'éloigne. Anna s'en approche, lui frôle l'épaule, l'homme sursaute et ouvre doucement les bras, inspecte les alentours. Quand il constate qu'il est en sécurité, il se lève. Il fait voir la montre qu'il porte au poignet, la tapote, et nous comprenons qu'il ne faut pas traîner quand il dit « *Go*, *go* ». Nous prenons un sac d'affaires dans la Mercedes à plat, et l'abandonnons. On dirait un bateau échoué. Nous nous mettons en marche au milieu de la végétation, suivant ce vieil homme. Il est dans son élément, progresse à vive allure, louvoie entre les ronces que nous évitons avec peine.

Nous arrivons au pied d'un gros 4 x 4 hors d'âge dans lequel nous grimpons. Il fait un bruit de camion. Le vieux bonhomme démarre. Il passe les vitesses avec rudesse, parle un anglais basique et rocailleux, et nous dit sans la moindre douceur qu'il va nous accueillir. Nous ne sommes pas sûrs d'avoir bien compris mais il insiste, répète, il peut nous héberger plusieurs jours. Il peut nous nourrir également, et nous fournir des vêtements. Il reste muet jusque chez lui, une cinquantaine de kilomètres de raffut plus loin.

Nous pénétrons dans la cour de son habitation. Il n'y a aucune clôture. Une maison en bois se dresse parmi les arbres, elle est large et profonde, sans étage. L'intégralité du toit est recouverte de terre et d'herbe, il fait corps avec la végétation. Une sorte de préau en fait le tour. Il prononce un mot en norvégien. Il ouvre sa portière, traduit, « *Welcome* », et la referme.

Quand Anna et moi sortons de la salle de bains, notre hôte nous avertit qu'il doit ressortir et qu'il rentrera tard. Il hache les mots, parle comme un donneur d'ordre, mais nous confie ses clés, nous dit que nous sommes ici chez nous.

— *Me*, Bjorn, se présente-t-il en mettant sa main à plat sur son torse.

Et avant de tourner les talons, il désigne un trousseau de clés pendu à un clou :

— *The car. Behind*, lâche-t-il avec la même sympathie que tout ce qui a précédé.

— Pourrions-nous l'utiliser plusieurs jours de suite ? lui demande Anna en anglais.

Il répond juste oui, répète que nous sommes chez nous. Avant de partir, il dit en français :

— Vive la France.

Le bruit du 4 x 4 brinquebalant s'éloigne. Nous nous retrouvons tous les deux immobiles au milieu du salon de ce vieux sauvage accueillant en nous demandant ce qu'on fout là. L'effroi que nous avons ressenti face à lui tout à l'heure est toujours en nous, mais nous éprouvons par ailleurs un sentiment de sécurité. Peut-être est-ce dû à l'emplacement de la maison, cernée d'arbres et invisible depuis la route, ou même à l'odeur de bois qui se dégage des murs. Tout est rudimentaire et fonctionnel, mais présente un charme évident. Tout est fait pour servir, et le plus longtemps possible. Nous faisons quelques pas au hasard, je m'approche des meubles et les inspecte comme si j'étais sur le point de faire une offre à celui qui me les apporte au dépôt-vente. Combien pour ce buffet peint en bleu clair ou pour ce fauteuil aux accoudoirs râpés face à la télé bombée ? Combien pour cette table aux pieds mastoc, ou pour cette chaise cannée ? Anna s'approche d'une glace et se parle à voix haute en s'y mirant. Elle dit que tout va bien, que nous nous sommes réveillés en Norvège à bord d'une voiture dont on nous a crevé les quatre pneus ; mais que tout cela est sur le point de rentrer dans l'ordre puisque nous nous trouvons désormais chez un vieillard dont nous ne savons rien, si ce n'est qu'il n'a probablement parlé à personne depuis environ vingt ans étant donné le peu de vocabulaire subsistant dans sa cervelle ; vieillard qui, aussitôt l'hospitalité offerte, est remonté dans son char d'assaut pour disparaître. Elle débite tout cela en se mettant sur la pointe des pieds, mime des pas de biche et entonne une petite musique absurde qui se veut légère. Elle fait une boucle sur elle-même, vacille, met les bras au-dessus de sa tête comme une danseuse étoile, fait grincer le plancher. Je m'appuie sur une enfilade à ma gauche en me demandant où cette chorégraphie la mènera, elle chante « Tout va bien, tout va bien », je tourne les yeux, ça ne dure qu'une demi-seconde mais je me fige. Un cadre, un petit cadre. Anna me voit pâlir, stoppe aussitôt sa danse et me rejoint. Ensemble, nous nous penchons sur la photo exposée sur le plateau de ce meuble. C'est devant une belle propriété norvégienne, une grande maison de bois clair. Ils sont une dizaine autour du vieil hirsute chez qui nous sommes. C'était il y a une dizaine d'années, peut-être s'agit-il de son anniversaire ou plutôt de son départ à la retraite. Il est au centre, l'air ravi, et tient un fusil entre ses mains, qu'il exhibe. C'est le cadeau qu'il vient de recevoir. Autour de lui sont disposés les membres d'une famille ; ils ont un chic dont il est dépourvu. À l'extrême gauche du cliché se tient une femme que nous ne connaissons que trop, même si nous ne l'avons pas vue en face. Elle est plus jeune, elle aussi, mais ses traits n'ont pas vraiment changé comparés au portrait-robot que Gary en a fait aux flics.

51

Anna et moi sommes immobiles face au cadre et nous ne pouvons nous en détacher. La Catherine Dourdan du dépôt-vente nous regarde. Qui est-elle ? Pourquoi est-elle venue au magasin transformer ma vie en chantier ? Pourquoi la retrouvons-nous là ? Cette femme qui hante nos jours et nos nuits depuis déjà plusieurs semaines est un peu notre alliée. Peut-être est-il absurde de penser cela, peut-être n'est-ce que de la lassitude de notre part, peut-être sommes-nous en train de rendre les armes. Je suis maintenant certain que cette femme, depuis le début, cherche à me signifier quelque chose. Mais quoi ? Pourquoi cet improbable sauveur ne nous a-t-il rien dit de plus ? Je m'assois dans un des larges fauteuils, mes mains à plat sur les accoudoirs râpés. Anna fait de même. On aurait pu nous tuer la nuit dernière et maintes fois depuis le début. On aurait pu percuter la Triumph sur l'autoroute, quand nous roulions vers la Bretagne. On aurait pu me pousser du haut d'une falaise, vers Kerloch ou ailleurs. On aurait pu me mettre une balle en pleine tête tandis qu'Anna et Laurie dansaient dans cette guinguette et que je me saoulais. On aurait pu nous abattre cent fois. Rien de tel n'est arrivé. Celle qui se fait appeler Catherine Dourdan n'en veut pas à nos vies, elle nous manipule et on ignore pourquoi. Nous ne savons rien des risques planant sur nos têtes, mais nous ne sommes pas en danger de mort. Cette fois, nous en sommes sûrs.

— Il faut qu'on prenne la voiture.

L'appréhension nous gagne quand nous ouvrons la porte. Nous sortons doucement. Rien n'a changé en une heure. La nature est vaste. L'herbe est humide, nous la foulons dans un petit bruit de crissement, elle change de couleur sous nos pas, le vert se met à luire. Nous avançons jusqu'à l'arrière de la maison comme le vieux nous l'a dit. L'air frais nous caresse. Chaque fois qu'un nouvel angle de vue s'offre à nous, nos mains l'une dans l'autre se contractent, puis se relâchent, on dirait nos poumons. La maison est carrée, nous la longeons. Je frôle le mur en bois. À l'angle suivant, nous découvrons le garage évoqué par le vieux, deux portes battantes, chacune pourvue d'un hublot. Nous les poussons.

Dans la pénombre que le jour envahit, se tient une automobile qu'on ne voit plus souvent en France, j'ignore s'il s'en trouve encore beaucoup dans les pays du Nord : c'est une Saab 900 qui doit dater des années quatre-vingt. Elle est couleur moutarde, en parfait état. Je mets la main sur la poignée, je l'actionne. Le plafonnier s'allume. Anna fait de même du côté passager, nous découvrons la voiture à bord de laquelle le chemin va se poursuivre. Sur la console centrale, au-dessus du tableau de bord, une feuille est scotchée. Une écriture soignée au stylo-plume, une encre noire. Et ces mots, qui nous sont destinés puisqu'ils sont en français : « C'est près de Rujkan que tout se trouve, à quatre heures de route. Je vous y attends. » Un plan est ensuite dessiné, qui ne comporte que trois virages. Le reste est rectiligne. Puis au bas de la feuille, comme à voix basse : « Je suis profondément désolée pour tout cela. »

Oui, nous sommes à bout, puisque nous ne nous méfions plus. La clé est sur le contact, je la tourne et le moteur démarre. Le réservoir d'essence est plein. Tout est prêt. Nous ne nous posons plus de questions.

— Je vais chercher le sac, me dit Anna en ressortant.

— Je viens avec toi.

Je coupe le contact et garde la clé.

Dans trois minutes, on sera partis.

52

Trois minutes.

Le temps qu'il nous faut pour nous rendre compte que la porte de la maison s'est refermée derrière nous.

Le temps de réaliser que toutes nos affaires sont à l'intérieur, nos vêtements, nos papiers, notre argent.

Trois minutes. Le temps nécessaire à l'inspection de chacune des fenêtres, toutes fermées elles aussi. Je cogne contre une vitre, évalue son épaisseur, il faudrait un marteau pour en venir à bout.

Nous sommes enfermés dehors, légèrement vêtus. Tout ce qui nous reste est dans ma main : la clé de cette Saab avec le plein d'essence, et dans laquelle se trouve le plan que nous allons suivre, écrit par on ne sait qui.

Trois minutes plus tard, en effet, nous sommes partis. J'enclenche la première et la voiture sort de son repaire pour pénétrer l'air frais. Nous nous engageons sur le chemin au bout duquel se trouve la route. Nous nous sentons presque nus et n'avons pour tout camouflage que cette voiture aux plaques norvégiennes. Nous comptons sur elle pour ne pas nous faire remarquer. Nous ne savons pas qui craindre, que redouter. La route se rapproche et j'y bifurque, j'accélère, le moteur s'emballe, nous atteignons bientôt ce qui sera notre vitesse de croisière. Devant nous, ainsi que dans le rétroviseur, nous ne voyons qu'un long trait de bitume fendant les bois. La température du moteur grimpe et le chauffage est efficace, il fait bientôt bon dans l'habitacle. Anna ouvre la boîte à gants. Elle y trouve une carte routière, une lampe torche. Rien d'autre. Pas de nouveau mot. Pas de photo glaçante. Pas de revolver. Il n'y a que cette route infinie, nous deux tout petits dessus.

— C'est là, dit Anna en posant l'index au milieu du pays.

Je fixe le point qu'elle désigne, et m'étonne.

— En pleines terres ? Si loin de tout, si loin du nord ?

— Ça correspond au plan qu'on nous a fait… Ça correspond aussi aux quatre heures de route annoncées.

Nous ne croisons pas un seul véhicule en une heure. Quand des phares apparaissent soudain en face, nous ne pouvons masquer notre inquiétude. Mais croiser une voiture sur une route, quoi de plus normal ? Nous respirons à fond, mes mains s'agrippent au volant et je lève imperceptiblement le pied. Non, j'accélère à nouveau, et Anna pose sa main sur ma cuisse avec ce qu'elle voudrait faire passer pour de la décontraction. Les phares grossissent en face et même s'il fait grand jour, ils m'éblouissent un peu. C'est un camion. Je serre à droite, je veux lui laisser toute la place, nous tenir au plus loin de ce mastodonte que nous croisons bientôt. Il nous klaxonne et le bruit est celui d'un paquebot, on sursaute. Sur le côté, on reconnaît le logo que l'on croise partout depuis hier, Olsen Ltd sur l'énorme remorque. Dans le rétroviseur, on voit le bras du chauffeur s'agiter par la fenêtre, il nous salue. Sans doute connaît-il le propriétaire de la voiture.

Je surveille l'aiguille de la jauge d'essence. Pour le moment, elle bouge peu, et nous avons déjà parcouru plus de cent kilomètres. Un quart du trajet qui nous attend. Tout dépend de la forme du réservoir, et du fonctionnement du cadran, mais on peut sans doute atteindre notre but. Dans un coin de ma tête, je prie pour qu'on ne tombe pas en panne. Nous n'avons plus que cette voiture et ce plan griffonné sur un bout de papier.

Anna tourne la tête vers moi, sans un mot, et je lis sur ses traits de l'inquiétude.

— Qu'est-ce qu'il y a ?

— On n'a pas vérifié ce qu'il y avait dans le coffre, me dit-elle. On roule depuis une heure, et on n'a pas ouvert le coffre.

Un frémissement me parcourt, j'imagine aussitôt tout et rien. Je freine en me collant le plus possible au bord, et m'arrête. Je laisse le moteur tourner et nos portières ouvertes. Je ne veux ni caler ni voir l'habitacle se verrouiller alors que nous sommes à l'extérieur. Nous sortons, contournons la voiture. Nous nous retrouvons face au coffre. C'est Anna, cette fois, qui tend la main vers le bouton-poussoir, elle appuie.

— C'est fermé, me dit-elle, prête à fuir.

Je me rue vers le volant, coupe le contact, tant pis. Je reviens à l'arrière avec la clé, que j'insère dans la serrure, je veux aller vite. J'ouvre.

Rien.

Il n'y a rien. Je me tourne vers Anna, qui éclate d'un rire nerveux. Elle dit qu'elle n'en peut plus, qu'il faut qu'on arrive. Elle fixe le coffre vide et s'esclaffe :

— C'est vide ! Vite, appelons les secours !

Je la prends dans mes bras. Le rire se mêle à la fraîcheur, à l'émotion, à la crainte, et je sens une larme d'Anna couler sur ma joue. Nos bouches se trouvent, nos langues, mes mains contre sa taille, ses hanches, son dos. L'instinct de survie ? Ou simplement l'envie, le désir qui nous fauche. On s'écarte de la route, on tituberait presque, et je passe devant elle, je nous fraye un chemin dans la végétation. Nous sommes à quelques mètres seulement de la nationale et nous nous accroupissons, nous nous allongeons bientôt, les herbes hautes nous accueillent en même temps qu'Anna ouvre ma chemise. Elle vient sur moi qui prends ses seins à pleines mains sous son pull, qu'elle enlève, dans la fraîcheur qu'on ne sent plus, et nos peurs qu'on pulvérise.

Quand nous remontons dans la vieille Saab, nous sommes revigorés, pleins de souffle et de vie. Je remets le contact sans la moindre inquiétude. Un quart d'heure plus tôt, j'aurais été tétanisé à l'idée que le moteur ne redémarre pas.

— Un quart d'heure..., nuance Anna. Une petite demi-heure, je dirais. Une bonne petite demi-heure !

Je passe la première, j'embraye un peu fort. Les pneus patinent dans l'herbe sur le bas-côté, on laisse une belle trace tandis que la voiture mord enfin le bitume et valse à la recherche de sa trajectoire.

— Je t'aime, conclut-elle.

— Moi aussi.

Nous sommes encore à trois heures de Rujkan d'après la carte. Nous sommes gonflés à bloc.

Tant mieux.

53

C'est le troisième virage depuis que nous avons quitté la maison du vieux. Nous roulons depuis presque quatre heures. Ce virage à gauche que nous prenons est le dernier signalé par le plan qu'Anna tient dans ses mains. Le réservoir est presque vide, et devant nous est plantée une forêt dense, semblable à celle dans laquelle nous nous enfonçons depuis ce matin. Entre deux arbres immenses de part et d'autre de la route, à plusieurs mètres du sol, un panneau nous indique que la voie est privée. Nous sommes au seuil du domaine. Je veux passer ma main sur la joue d'Anna, l'idée me traverse l'esprit mais l'heure n'est plus à la tendresse, on ne réfléchit pas, Anna non plus, qui fixe l'inconnu. Nous entrons.

Le paysage est le même, rien n'est moins sauvage bien que tout cela soit désormais privé. Nous roulons sans entrevoir un quelconque changement.

Au bout de quelque temps, Anna scrute à nouveau la carte, puis le plan. C'est inutile, et nous le savons : nous n'avons pas pu nous tromper. Nous sommes sur un territoire vertigineux, de plusieurs milliers d'hectares. Je prends un peu de vitesse, combien de kilomètres allons-nous encore parcourir avant de distinguer quelque chose ? C'est au milieu de ces questionnements que nous sentons soudain la voiture hoqueter, je lève le pied, je rétrograde, insiste mais non, et nous comprenons ensemble : nous avons vidé le réservoir. La Saab nous abandonne. Je me mets au point mort et la laisse terminer sa course en roue libre, quelques dizaines de mètres gagnés dans le silence, avec pour seul bruit celui des pneus sur le bitume.

Anna et moi ne parlons plus. Nous sommes concentrés sur la suite. Plus nous avançons, moins nous avons de bagages. Nous marchons sur la route, côte à côte. Le silence est absolu, autant que le ciel est bleu au-dessus de nos têtes, un long trait azur que pas même un avion ne traverse. Combien de temps marchons-nous ? Une heure, peut-être plus ou beaucoup moins. Le temps est suspendu.

C'est dans cet état second que nous distinguons peu à peu un changement dans la nature autour de nous : la forêt se fait moins dense et les herbes moins hautes. C'est diffus, mais Anna et moi avons l'impression que le tunnel prend fin. Des rais de lumière filtrent par endroits parmi les sapins moins immenses. Le retour à la réalité se fait ainsi, pas à pas. La route serpente, nous ne distinguons pas ce qui se trouve au bout mais il y fait clair. On approche.

— C'est les mêmes virages qu'à Lochrist, constate Anna tout bas. Les mêmes qu'au manoir.

Passé le dernier méandre apparaît la clairière. Nous nous arrêtons sur le bord, soufflés par tant de beauté, effarés par le spectacle qui s'offre à nous. Tout est magnifique et absurde. Là, se dresse un petit château fort au toit plat, une tour à chaque angle. Cela doit faire une trentaine de mètres en façade, sur la moitié en profondeur. Il y a un étage. La pierre et l'absence de toiture donnent à l'ensemble une impression de robustesse inébranlable. Les fenêtres, aux tout petits carreaux et conçues pour résister à tout, sont brisées. Je pourrais m'effondrer tant l'émotion me submerge. Je n'ai pas ressenti cela à Kerloch, la bâtisse a changé, ses propriétaires successifs ont imposé leur patte. Ici, tout transpire mon enfance, sans que je puisse désigner quoi. Le décor de mes premiers pas dans la vie. Je m'arrête au milieu de la vaste étendue d'herbe. Il va nous falloir entrer, pousser cette lourde porte entrouverte. Aller de pièce en pièce et comprendre où nous sommes au juste puisqu'un détail apparaît, qui contredit en tout point ce que la carte et le plan nous ont fait croire : on voit d'ici l'arrière de la bâtisse à travers ses fenêtres. C'est insensé, mais on dirait qu'elle surplombe l'océan.

54

La porte n'est pas fermée, je la pousse du plat de la main. Elle s'ouvre sans un grincement. Nous pénétrons dans le vestibule. En une seconde, nous faisons un bond de quarante ans dans le passé, tant de détails que j'avais oubliés mais dont la présence me paraît évidente. Cette grosse boule de laiton à l'extrémité de la rampe, par exemple. Je la regardais comme un trésor, convaincu qu'elle était en or. Il y a la mosaïque au sol, je vois aujourd'hui ce qu'elle représente, une sorte de porte arabisante. Je faisais rouler mes petites voitures sur ses arabesques. Tout m'est familier, jusqu'à l'odeur, que je ne saurais définir. Il y a quelque chose de vieux, peut-être le bois ciré ou bien est-ce la terre humide. Tout me parle.

— Là-bas, c'est la cuisine, dis-je. Et là, l'atelier de mon père.

Anna tourne sur elle-même en levant la tête. Un lustre monumental est accroché là-haut, je le contemple à mon tour. Le lustre de mon enfance. Le même, ou presque, que celui que j'ai un jour déniché dans une maison des Yvelines dont la propriétaire faisait le vide avant de prendre sa retraite à Cannes. Je l'ai payé une fortune sans discuter, puis suspendu au plafond de ma brocante à Montreuil pour ne plus jamais l'en décrocher, ultime vestige de mon enfance partie en fumée. Il est là, ce lustre immense, et je veux faire scintiller ses pampilles, je marche vers l'interrupteur et l'actionne. Seules deux pauvres ampoules se mettent à luire sous la poussière qui les recouvre. En avançant, je vois l'escalier qui démarre, son arrondi menant à l'étage qu'on ne distingue pas d'ici. Je connais les lieux, la vue que nous avons en tournant sur nous-mêmes, la clairière, la forme des arbres, le chemin parcouru pour venir jusque-là. Je reconnais le panorama en face, la mer bleue de la Bretagne, et les paroles de ce skipper rencontré à Trévignon me reviennent en mémoire. Je les entends clairement : « La mer est de travers. » Ces mots absurdes, ils nous sautent au visage. C'est vrai. On la voit, bleue, accueillante, on la devine même un peu fraîche. Mais elle n'est pas horizontale. Elle est oblique, en effet. Nous marchons vers le bout du vestibule qui donne sur une pièce meublée d'un canapé, d'étagères débordant de livres et d'un piano droit, terne. Au fond, il y a une fenêtre. À mesure que nous nous en approchons, l'effroi nous gagne. Il y a la mer, de travers, oui, et pour cause. Le skipper a pensé qu'il s'agissait d'une maquette et j'y ai cru aussitôt, comme tout le monde. En réalité, les photos provenaient certainement de cette maison, qui n'a rien d'une maquette mais est bel et bien vaste, robuste, et en pierre. L'océan, en revanche, n'est ni frais ni liquide, ni tourmenté ni calme. L'océan est un décor de plusieurs centaines de mètres, une bâche de plastique peinte aux couleurs de la mer, ondulant au gré du vent. C'était peut-être autrefois à s'y méprendre, c'est aujourd'hui désolant. La bâche est crevée de part en part, on distingue les vérins qui la soutiennent, on aperçoit un oiseau mort qui gît sur la toile. L'un des supports du système a dû s'écrouler il y a longtemps, emportant avec lui ce qu'il pouvait. L'ensemble tient, la structure monumentale paraît fragile mais tout est encore là. Et tout penche. Nous sommes devant ce spectacle pathétique et fascinant, quand vient s'y ajouter le bruit des vagues, du ressac et le cri des mouettes. Nous contemplons cette mer de plastique, nous profitons de cette vue surréaliste et pivotons, cherchant la source du son. Le chant des vagues est ample, même si un grésillement vient en troubler la régularité. C'est en stéréo, cela vient de partout. Nous relevons les yeux. Quelqu'un est là, au milieu de ce corridor, et nous observe. Une apparition.

55

Elle est à quelques mètres, cernée par le vide et le bruit des flots qui tournoie. Elle est élégante, vêtue simplement, mais on discerne son aisance. Notre présence ne l'effraie pas. Elle fait même un pas vers nous, sans hésiter. Elle veut nous apprivoiser. Son visage se fait plus net à mesure qu'elle avance, ses traits deviennent réels.

— Catherine Dourdan, je murmure.

Elle devient plus timide, baisse les yeux.

— Je suis profondément désolée pour tout, nous dit-elle en les relevant vers nous. Je me nomme Marie Inkerman.

Elle répète, autant pour nous que pour elle-même :

— Je suis désolée. Je m'y suis mal prise. Je ne me défile pas, je ne vais pas tenter de vous mentir, minimiser mes erreurs. J'en ai commis tant. Jusqu'à ce nom que j'ai emprunté.

Je l'écoute et comprends Gary, puis le châtelain de Kerloch. Cette femme était étrange, sans qu'ils puissent expliquer pourquoi. Je ne saurais mieux dire qu'eux. Quelque chose est différent dans le ton qu'elle adopte et les mots qu'elle emploie.

— C'est pour tout vous expliquer que je vous ai fait venir ici.

— Le mot dans la voiture, c'était vous ?

— Oui. Je ne l'ai pas signé, vous ne me connaissiez pas.

Le portrait-robot que Gary a fait chez les flics de Créteil et que j'ai pris en photo était d'une ressemblance impeccable. Cela ne m'étonne pas de lui. Elle a dans mes âges ou un peu moins, je l'observe. Elle a surtout les moyens de prendre soin d'elle, cela se voit et même, cela s'entend. Elle a de l'assurance, sa voix est posée.

Elle fait quelques pas sur la gauche et s'approche d'une petite porte ouverte sur un placard niché dans le mur de pierre. Elle y glisse sa main et fait cesser le bruit des vagues. Le silence, d'un coup, nous enveloppe :

— Incroyable système, n'est-ce pas ? Tout cela part peu à peu en lambeaux mais, il y a encore quelques années, c'était magique. La villa, quoique située à plusieurs centaines de kilomètres de la côte, transportait inévitablement le visiteur au bord des falaises finistériennes.

Son bras décrit un cercle au-dessus d'elle.

— Il y avait même l'odeur de l'iode, du sable, et le vent. Cette machinerie ne fonctionne plus, les diffuseurs sont en panne, ou bouchés. Il reste le son. Et ce décor, qui sombre jour après jour.

— Qui êtes-vous ? dis-je brusquement.

— Je crois pouvoir affirmer que je suis la personne qui a le plus aimé votre mère, réplique-t-elle en soutenant mon regard. Je n'en tire aucune gloire. C'est ainsi. Je suis la seule à l'écouter et à la comprendre.

Je vacille sur ses dernières paroles. Ma mère, maman. Anna pose pour moi la seule question qui soit :

— Elle est ici ?

Je redoute d'apprendre qu'elle se trouve à l'étage. Anna se colle à moi.

— Elle est en ville depuis plusieurs années déjà. Elle vit dans une maison de retraite, elle y est bien. Je lui rends visite presque quotidiennement.

Je veux aller la voir maintenant. Anna me prend la main.

— Elle ne vous reconnaîtrait pas, oppose Marie Inkerman. Ou vous voir la tuerait tant le choc serait fort.

Elle s'est exprimée avec une infinie douceur, et je sens que cette femme est sincère, qu'elle ne nous veut pas de mal, pas plus qu'à ma mère.

— Elle vous croit mort depuis si longtemps, ajoute-t-elle tout bas. Vous l'aviez compris ?

— Oui, dit Anna.

Je fixe cette femme, je veux entendre. Je veux savoir. Je la laisse continuer.

56

Les mots d'Anna résonnent : « Pour abandonner Laurie, il faudrait que je la croie morte. » Puis on a compris que l'accident de car avait été l'occasion pour ma tante de me faire passer pour mort. Raymond me l'a confirmé, alors oui, ça, je le sais.

Ma mère était sur un lit d'hôpital, rescapée des flammes ayant ravagé le manoir, et ma tante avait pénétré dans la chambre peu après son réveil.

— Votre maman ne parle que de cela. À son retour en Norvège, peut-être avait-elle quelques sujets de conversation. La photo, par exemple. Mais depuis très longtemps, elle n'a plus que Kerloch à la bouche, et Lochrist, et Matelot.

Ma mère voit ma tante arriver dans sa chambre, les deux jeunes femmes s'étreignent, laissent la douleur les envahir et leurs larmes se mélanger. C'est ma mère qui parle en premier, elle balbutie qu'elle est veuve à présent, les larmes la brûlent, elle veut se contenir, ma tante aussi bascule, elle se mouche, se reprend.

— Il y a eu un autre drame, répond-elle.

Ma mère la dévisage sans comprendre.

De quoi parle-t-elle ? Elle vient de survivre aux flammes, d'y perdre son mari, qu'a-t-il pu advenir de pire ? Un silence s'ensuit, qu'aucune des deux ne veut rompre, de peur que tout devienne réel. Il les préserve, c'est un rempart si frêle, et ma mère comprend peu à peu sans que ma tante ne la quitte des yeux, qui fond en larmes à son tour, et c'est ma mère qui crie. Elle se lève, hurle mon prénom, arrache les fils qui pendent à ses deux bras, se débat, les infirmières arrivent et ma tante la ceinture, lui parle à l'oreille avec le plus de fermeté possible. Une seringue se plante dans sa veine tandis qu'un infirmier la serre. Bientôt, maman sombre dans un sommeil dont elle ne ressortira jamais vraiment. Une sorte de monde parallèle où plus rien ne se trouve, puisque son enfant est mort. Peut-être que certains s'en remettent, que certains y parviennent. Ma mère, elle, n'a pas su. Elle s'est enfuie, ce matin-là, sur une route dont elle seule connaissait le tracé. Elle a parcouru le journal, elle n'a même pas pleuré. L'accident de car de Bozel y était relaté, une photo de la carcasse, une autre du ravin. Elle a parcouru tout cela dans son lit à barreaux, a découpé l'image, qu'elle a glissée dans ses papiers. Même chose pour l'incendie du manoir, dans lequel son homme a péri, ma mère a lu la presse, le journal de Camaret, et l'on aurait dit que tout cela était loin, désormais, ou bien ne la concernait pas. On lit les faits divers atroces. On se flatte, au fond de nous, d'avoir échappé à des horreurs pareilles. On se plaît soudain dans nos vies. Voilà ce que cela produisait chez ma mère quand un nouvel article lui parvenait, parlant de la mort de son mari ou du calvaire de son enfant. C'était déjà presque loin. Ou tout du moins, plus vraiment dans sa vie.

Elle est restée trois semaines à l'hôpital de Camaret, au terme desquelles le directeur a jugé stable son état de santé. Elle pouvait repartir. Nicole Olsen est sortie un jeudi matin, vêtue de ce qu'elle portait le soir de l'incendie, et a commandé un taxi. Le type l'a conduite à l'adresse qu'elle lui a indiquée, c'était au bout de Kerloch, à Lochrist, au manoir que les flammes avaient entièrement détruit, le chauffeur l'a compris en approchant. Il a scruté dans le rétroviseur cette femme jeune dont le visage portait déjà les stigmates d'une souffrance insondable, et n'a pas osé l'interroger.

Arrivée devant la clairière et le château calciné, la jeune femme a ouvert la portière et lui a demandé d'attendre là. Elle a marché dans l'herbe, a respiré une dernière fois l'air de Kerloch. Elle s'est dirigée vers la voiture garée là, que les flammes avaient épargnée, et a ouvert le coffre. Elle a pris le sac en cuir qui s'y trouvait, elle l'a mis à son épaule et est remontée dans le taxi.

— Emmenez-moi à l'aéroport.

Le chauffeur n'a pas posé la moindre question, n'a émis aucun commentaire. Il a roulé en jetant par moments des coups d'œil dans le rétroviseur, craignant peut-être que sa cliente ne saute en marche, à moins qu'il n'ait été impressionné de conduire cette jeune femme dont il connaissait le récent drame pour l'avoir lu dans les journaux. À l'aéroport de Brest, l'homme est sorti de voiture pour tenir la portière à ma mère, a fait de son mieux pour lui être agréable.

Au comptoir d'accueil, Nicole Olsen a pris un billet pour Oslo. Le prochain avion décollait le lendemain. Au tableau, il était pourtant indiqué qu'un vol partait dans à peine une heure.

— Il est trop tard pour celui-là, s'est excusée l'hôtesse.

— C'est celui que je veux prendre.

— Vous avez un bagage. La soute est fermée. C'est impossible.

— Et sans bagage ?

— Mais…

Ma mère a ouvert son sac. La seule chose à sauver se trouvait à l'intérieur de son appareil photo. Il lui restait une prise à faire, elle s'est tournée vers l'extérieur, son taxi n'était pas reparti, attendant le client suivant. Elle a appuyé, clic, une photo, le reflex contre son ventre, sans se soucier ni du cadre ni de la vitre entre elle et le sujet, et a rembobiné la pellicule afin de l'extraire du boîtier. Ensuite, elle a glissé la bobine au fond de sa poche, a remis l'appareil dans le sac, qu'elle a poussé vers l'hôtesse en disant :

— Je vous l'offre. Maintenant, mademoiselle, s'il vous plaît, je veux un billet pour Oslo.

57

Ma mère est arrivée à Bodø un vendredi matin de 1976. On ne l'y avait pas revue depuis plus de six ans, depuis qu'elle y avait annoncé qu'elle vivrait désormais en France, loin des affaires familiales. Nicole Olsen s'était à l'époque présentée en compagnie du manant qu'elle souhaitait épouser, et avait, comme il était de coutume dans sa famille, réclamé l'argent auquel elle avait droit. Une tradition héritée d'un temps lointain, qui octroyait aux jeunes épouses un confortable tas d'or, qu'on prenait ensuite soin de faire fructifier selon son bon vouloir. Ma mère avait parlé du Finistère, avait exposé ses choix de vie, puis avait caressé son ventre en promettant de prendre soin de nous. Ses parents avaient consenti à lui verser ce qu'ils considéraient comme une dot, dans l'espoir que l'aventurière n'en fasse pas trop mauvais usage.

Ce matin de 1976, du salon dont elle fait les poussières, la domestique voit grossir un spectre sur le perron de la maison familiale, et pousse un cri. Nicole Olsen est là, immobile et sans bagage, elle n'a même pas de manteau. Elle a pris vingt ans, ses traits sont creusés, on croirait sa peau sur le point de se déchirer, et ses yeux brillent d'un éclat terrifiant.

— Le regard de votre mère ne ressemble à aucun autre, nous dit Marie Inkerman. Elle vous transperce, lit en vous comme dans un livre, et en même temps, elle est ailleurs. Tout le monde la croit folle.

Elle marque une pause.

— Moi, ça ne m'effraie pas.

Nous sommes toujours dans l'entrée. Anna a approché trois fauteuils du salon voisin. Nous ne voulions pas quitter le vestibule. Les fauteuils sont là, sur le carrelage en mosaïque, sous le lustre monumental. De temps à autre, je jette un regard à la mer de plastique qui ondule dehors. La voix de Marie Inkerman est claire, assurée. Elle parle un français parfait, presque sans accent. Un petit quelque chose subsiste, impalpable, voilà ce qui la rend étrange. Elle évoque ma mère qui rentre dans son pays. Au même moment, je noyais de larmes le cou de ma tante. Je découvrais Paris, sa banlieue, Fontenay-sous-Bois, j'emménageais dans une chambre à l'étage du pavillon, où mon oncle avait fixé au mur les étagères sur lesquelles se sont alignées les peluches dont ils m'ont couvert par la suite. Ma mère vivait. Nicole Olsen marchait le long des côtes de Bodø en se mettant parfois à hurler sans qu'aucune larme ne coule. Elle courait, sautait du haut des rochers dans l'eau glacée, on remuait ciel et terre pour tenter de la canaliser, de la maintenir au chaud, mais elle se débattait, ressortait, hors de contrôle et, à bout de forces, vomissait.

Les parents de Nicole Olsen ne supportent bientôt plus ses cris, ses fugues, presque nue dans la nuit, ses yeux qui foudroient. Bodø est un petit port où tout se sait. La région, même, connaîtra sans tarder l'état dans lequel celle qu'on nomme ici « la Française » est revenue. Son surnom disparaîtra, ce sera bientôt « la folle ».

Deux mois à peine après le retour de ma mère, la famille prend une décision radicale et coûteuse, mais nécessaire au maintien de la réputation du clan : on lui cède plusieurs hectares de forêt, au centre du pays, où tout sera mis en œuvre pour qu'on ne l'entende plus. Ma mère accepte, ne voit pas de différence. Tout a la même couleur à ses yeux désormais, le même relief. Les travaux de déboisement commencent, on creuse une clairière, celle qu'Anna et moi avons traversée tout à l'heure. Au centre de cet espace, la famille Olsen fait construire une maison traditionnelle norvégienne en bois blanc. Elle est vaste, fonctionnelle, et permettra à Nicole de vivre confortablement. Les deux domestiques qui se chargeront du ménage, de la cuisine, du linge et du jardin vivront, eux, dans une autre maison, plus petite et peinte en bleu, à quelques pas de là.

— Elle existe encore, nous dit Marie Inkerman en désignant la bâche dans notre dos. Elle est sous la mer…

Les moyens déployés sont importants, les travaux sont efficaces et rapides. En quelques semaines, la maison est achevée, ainsi que celle des domestiques. Tandis que Raymond, ma tante et moi fêtons ensemble notre premier Noël chez nos voisins, à Fontenay, Nicole Olsen erre, hagarde, dans une maison vide et loin de tout, qui sera désormais la sienne.

— Elle se trouvait à peu près là, nous indique Marie Inkerman en désignant le sol en mosaïque.

— Elle y a vécu longtemps ?

— Votre mère a appelé une entreprise de démolition à peine huit jours plus tard.

Et face à nos mines estomaquées :

— Huit jours plus tard, Nicole Olsen s'est réveillée transfigurée. Certains disent que c'est ce jour-là précisément qu'elle a laissé la folie l'envahir. Elle en fait une analyse différente : elle dit que, ce jour-là, elle s'est mise à croire en Dieu.

Des centaines de coups de fil ont suivi, à des démolisseurs, à des tailleurs de pierre, et même à des accessoiristes du septième art. Le résultat, nous sommes à l'intérieur. Le chantier, pharaonique, a duré deux ans. Ma mère, d'après ses souvenirs et les photos de la dernière pellicule, qu'elle avait minutieusement annotées, a fait refaire les plans exacts du manoir de Kerloch par un architecte d'Édimbourg, spécialiste de ces demeures. Différents négociants en matériaux ont été missionnés, chacun ayant pour tâche de lui rapporter des échantillons de granit. Tout, absolument tout, devait être identique à ce que les flammes avaient emporté. Un décorateur de la capitale a travaillé plusieurs mois à la reconstitution parfaite de l'intérieur. Des forestiers ont rasé les arbres sur plus d'un kilomètre. Plus d'un kilomètre, c'est la longueur de l'océan que Nicole Olsen a fait tendre sous ses fenêtres par des machinistes de Hollywood. Combien tout cela a-t-il coûté ? À coup sûr de quoi nourrir des dizaines de familles sur plusieurs générations. Quoi qu'il en soit, personne ne s'y est opposé. On a laissé Nicole Olsen se bâtir son royaume à elle, son île déserte cernée par les flots factices, au beau milieu de l'enfer vert.

58

C'est au milieu de ces murs de pierre, dans les odeurs d'iode vaporisées ainsi que le son des flots diffusé, que ma mère a vécu, cernée de souvenirs. Je l'imagine déambulant, croisant l'ombre de mon père ou la mienne, je l'entends rire seule en parlant à du vide. Combien de jouets a-t-elle continué à m'acheter par la suite ? Combien de nuits d'amour a-t-elle encore vécues, ses bras enserrant un spectre, ses cuisses ouvertes à rien ? Elle a passé là sa vie entière, et n'en est partie qu'il y a deux ans, pour une maison de retraite médicalisée. Quarante ans dans ce manoir à la dérive. Cela me fait froid dans le dos mais Marie Inkerman n'y voit pas une tragédie. Elle m'affirme que ma mère, malgré tout ce que l'on peut penser de ses délires et de ses choix, a été heureuse, que la vieille femme qu'elle est devenue a de merveilleux souvenirs, et que c'est là l'important.

— De la peine aussi, bien sûr. J'y vois d'ailleurs la preuve de sa lucidité.

Marie Inkerman me parle de cette femme et je me rends compte par moments qu'il s'agit de ma mère. J'écoute le récit de la vie d'une inconnue qui, pourtant, m'est familière. Nicole Olsen a passé sa vie dans ce manoir avec vue sur la mer, au milieu d'une forêt sans fin. Les rares visites qu'elle recevait donnaient ensuite lieu à diverses rumeurs, parmi lesquelles certaines étaient vraies.

— La machinerie reconstituant la mer, en particulier, a fait couler beaucoup d'encre.

Elle se reprend.

— Beaucoup d'encre dans un petit milieu, nuance-t-elle. On ne la voyait pas. Elle vivait en recluse. Seuls quelques très proches de la famille étaient au courant. Des photos ont cependant peu à peu fuité... Aujourd'hui, ce manoir est une légende pour certains. Une sorte de chasse au trésor existe, menée par un petit nombre d'illuminés jouant aux aventuriers dans l'Europe entière. Le but est de le trouver, de le photographier... L'engouement est assez spectaculaire. Très peu y sont parvenus pour le moment.

Anna et moi songeons à Laurie, qui a candidement demandé l'adresse du lieu, quand celui qui avait mis les photos en ligne exhibait un vrai trophée. Jusqu'à ce mail qu'elle lui a envoyé, le traitant de trou du cul, alors que le type a le sentiment d'avoir tout bonnement découvert une cité inca que le monde entier recherche et qu'il veut conserver pour lui. J'étais prêt à lui verser quelques dérisoires centaines d'euros.

Le temps, les décennies ont passé. Nicole Olsen n'a pas quitté le palais de ses fantômes et Marie Inkerman nous dit que ma mère, durant toutes ces années, n'a parlé que de mon père et de moi, chaque jour, chaque instant. Nicole Olsen a survécu. Elle a fait ce qu'elle a pu.

— Cela a tenu tant que sa santé était bonne. Quand elle a commencé à faiblir, tout a lâché.

Ma mère s'est mise à arpenter le domaine en reniflant. Elle s'asseyait au milieu de la clairière, à même la pelouse, ou la neige en hiver, sous l'œil médusé des domestiques aux cheveux blancs. Elle s'en voulait. Elle disait qu'elle n'avait pas eu la force d'affronter la vérité, qu'elle avait fui.

« Et ce château, tout est faux, ça n'est pas mon manoir, et ça n'est pas la mer. »

Ma mère avait même le désir fou de faire de la clairière un cimetière. Faire rapatrier ici les corps des quarante-deux victimes de l'accident de car de Bozel. Transformer ces terres en sanctuaire.

Marie Inkerman pèse ses mots, l'émotion la submerge :

— C'est elle qui a déchiré la toile, l'océan derrière vous.

Un matin, Nicole Olsen a sauté du premier étage dans l'océan tendu. Elle s'est fait mal, a marché à quatre pattes en criant, en insultant la terre entière, les employés se penchaient aux fenêtres sans savoir que faire. Après quelques dizaines de mètres parcourus, le plastique s'est déchiré, et son corps a roulé vers le précipice qui se creusait. Nicole Olsen a disparu dans cette faille en hurlant. On l'a secourue, elle avait des os brisés, on l'a soignée, et la décision a été prise de la placer dans une maison adaptée à son fragile état.

— C'était il y a deux ans. Je lui rends visite chaque jour ou presque, conclut Marie Inkerman.

Il y a quelques mois, ma mère a formulé un souhait. Celui de me revoir. De voir ma tombe. Elle n'avait pas eu le courage de se rendre à Lyon, avait poursuivi sa vie en croyant avoir le dessus sur l'horreur. À présent qu'elle était vieille, les forces la quittaient. Elle ne se sentait plus capable de lutter ou bien se sentait prête à voir les choses en face. Une croix, une dalle. Mon nom dans la pierre.

« Marie, s'il vous plaît, allez pour moi en France, a-t-elle demandé. Trouvez sa tombe. »

Marie Inkerman me fixe au fond des yeux.

« Trouvez sa tombe, couvrez-la de fleurs. Et faites une photo. »

59

Quand Marie Inkerman arrive en France, il y a six mois, elle revient sur la terre de ses études, puisqu'elle y a jadis passé un doctorat de droit des affaires, et dans le pays de son premier amour, le temps d'un été, l'année de ses 17 ans. Elle revient surtout sur le lieu d'un drame ayant brisé la vie de celle qu'elle aime tant. Marie Inkerman porte une valise, un imperméable, et une adresse griffonnée par ses soins : Lyon, cimetière de La Guillotière. Elle en a vu quelques clichés sur Internet, en particulier les sépultures blanches alignées, les noms en doré dans la pierre. Quand son avion se pose à Lyon, Marie Inkerman a le cœur lourd et le ciel est maussade. Elle marche dans l'aéroport, hèle un taxi, qui la mène à son hôtel, et demande au chauffeur de l'attendre devant. Elle ressort quelques instants plus tard et n'est plus munie que de son sac à main. À l'intérieur, un appareil photo, sa carte de crédit. Le chauffeur la conduit chez le meilleur fleuriste de la ville. L'homme patiente pendant que sa cliente fait confectionner un bouquet.

— À peine deux heures après être arrivée à Lyon, j'étais devant l'entrée de La Guillotière. Le taxi est parti.

Marie Inkerman a pénétré dans ce cimetière immense et en a arpenté les allées, les mêmes que celles qu'Anna, Mylène, Gary et moi avons empruntées il y a quelques jours. À mesure qu'elle approchait du carré des victimes de l'accident de Bozel, elle sentait son cœur s'accélérer. C'était ici que reposait l'enfant, celui dont la mort avait tout emporté, la raison, peut-être, mais aussi le bonheur. Marie Inkerman voyait au fond d'elle rajeunir le visage de celle qu'elle n'avait connue que vieille ou, tout du moins, déjà usée. Nicole Olsen avait été jeune, joyeuse, insouciante, peut-être même heureuse. Tout avait chaviré un jour, et il n'en restait qu'un alignement de blanches sépultures qu'elle distinguait maintenant. Quarante-deux tombes identiques, autant de destins brisés. Marie Inkerman pressait son bouquet contre elle.

— Je suis enfin arrivée à l'entrée du carré des victimes de l'accident. La première tombe m'a immédiatement émue, c'était celle d'un petit garçon. J'ai oublié son nom.

Elle continue d'en frissonner. J'ignore qui est cette femme, ce qu'elle a vécu, mais je vois qu'elle est sincère. Ses larmes n'ont pas encore séché.

— Chaque nom dans la pierre m'a fait un peu plus mal, tous ces enfants fauchés.

Marie Inkerman a ralenti le pas. Il ne restait que quelques tombes, parmi lesquelles devait se trouver la mienne. Elle a voulu prendre un peu de temps pour elle. Elle a tourné le dos à cet alignement blanc. Ç'a été bref. Elle a pris son souffle, a pivoté, prête à affronter ce qu'elle était venue chercher. Elle a repris sa marche, scrutant les noms restants. Elle les a lus un à un. Elle a fait demi-tour, les a regardés encore une fois. Elle a tout parcouru, a pressé le pas, a même inspecté les allées adjacentes en se précipitant, et a fini par s'immobiliser. Le bouquet est tombé, des pétales s'en sont détachés, parsemant les gravillons. Marie Inkerman avait les yeux mi-clos. Une larme a coulé.

— C'était absurde, n'est-ce pas, mais l'évidence était là. Il n'y avait pas de tombe à votre nom. Vous n'étiez pas mort dans cet accident de car.

Elle se lève, nerveuse. Elle se raidit, peut-être le souvenir est-il trop fort.

— J'ai contacté la mairie de Bozel, j'ai demandé la liste des victimes. On me l'a envoyée. J'ai constaté que votre nom n'y figurait pas, j'ai vu que vous étiez en vie.

Elle continue, ponctuant ses paroles de gestes du bras, elle dit qu'il lui était impossible d'annoncer cela à ma mère.

— Ça l'aurait tuée.

Alors non, ne pas lui dire, ne rien lui dire. La laisser en paix pour le peu de temps qu'il lui reste. Faire la photo qu'elle attend, la pierre tombale fleurie, la lui rapporter, l'aider à sécher ses larmes et se convaincre qu'on lui ment pour son bien.

Alors faire fabriquer une sépulture.

Marie Inkerman s'est retrouvée chez un agent des pompes funèbres et a formulé cette demande insensée. Le type a écarquillé les yeux, a failli décrocher son téléphone pour appeler la police. Mais l'argent a tout arrangé et aplani. L'argent a fait se fermer les yeux, les oreilles, et s'ouvrir chaque porte. Marie Inkerman a repoussé son retour de plusieurs jours, prétextant des retrouvailles avec d'anciens amis.

— Je vous ai cherché, avoue-t-elle. Je vous ai trouvé. Cela n'a pas été compliqué. Je suis venue vous voir.

Pendant que le marbrier gravait ma sépulture, Marie Inkerman prenait le train pour Paris, puis un taxi pour Montreuil. Sans sortir de la voiture, elle a vu la Triumph arriver devant le dépôt-vente, et a su que c'était moi.

Elle dit qu'elle ne pouvait faire erreur, qu'elle m'aurait même reconnu de dos. Je suis descendu de selle et j'ai enlevé mon casque, je me suis passé la main dans les cheveux. Elle a demandé au chauffeur de la reconduire à la gare, pénétrée de cette rencontre si fugace.

— Puis je suis allée en Bretagne, j'ai voulu voir le château. Le propriétaire m'a reçue... J'ai eu le sentiment de sauter dans le vide, de traverser le miroir.

Six nuits après qu'elle eut posé le pied à Lyon, une tombe supplémentaire voyait le jour dans le carré des victimes de l'accident de car de Bozel. La mienne. J'avais pour voisine une petite fille de 5 ans. Elle s'appelait Catherine Dourdan.

— J'ai mis des fleurs sur votre tombe et celle d'à côté, et j'ai fait des photos. Sur un des clichés, on voyait le nom de cette petite fille, ses dates de naissance et de mort. Dans l'avion qui me ramenait en Norvège, je n'ai fait que les regarder. J'étais hypnotisée.

Elle s'arrête brusquement. Elle relève les yeux vers nous.

— Je n'ai pas prévenu de mon retour, j'étais trop fatiguée, j'ai oublié. Je n'ai dit à personne que j'arrivais par ce vol.

Elle se rassoit, pose ses bras sur les accoudoirs.

— Je suis rentrée chez moi par surprise. Si j'avais annoncé mon retour, peut-être que rien de ce qui a suivi ne se serait produit.

60

Marie Inkerman est revenue en Norvège dans un état second, effarée par sa découverte autant que par ce qu'elle avait osé faire, cette fausse tombe, ce bouquet, cet enfant qui vivait, qui pilotait sa moto dans Paris sans probablement rien savoir de ce qui s'était jadis tramé dans son dos. Elle était épuisée. À l'arrière d'un taxi la ramenant chez elle, il y en avait pour près d'une heure de route, elle s'est enfin assoupie. Dehors, la neige commençait à tomber, elle tournoyait dans les phares. Le chauffeur a poussé le chauffage et ralenti son allure. Le bruit de la ventilation se mêlait à celui des pneus larges dans la neige. Marie Inkerman avait le sentiment du devoir accompli, la douce impression de regagner son nid. Cela lui procurait cet effet lors de chacun de ses déplacements, de surcroît en hiver, et plus encore ce soir. Ce soir, Marie Inkerman rêvait de ne plus sortir durant quarante-huit heures au moins, elle songeait à son bain, à sa cheminée, à un livre, et à son mari. Marie Inkerman était lasse. Depuis quelques années, leur couple ressemblait davantage à une association, un partage d'intérêts. Elle n'avait rien vu venir. Lui non plus, sans doute. D'année en année, nous osons de moins en moins, le désir s'émousse. On ne cherche plus à surprendre l'autre, on se connaît tellement, on connaît tous nos trucs. On se calme. Voilà tout ce qui se mélangeait dans l'esprit de cette femme de 40 ans tandis qu'elle regagnait sa maison à l'arrière de ce taxi prudent. Malgré sa fatigue, Marie Inkerman était suffisamment en forme pour se mettre en sous-vêtements avant de pénétrer chez elle. Refermer son grand manteau. Rentrer. Trouver son mari assis à son bureau, les lunettes sur le bout du nez, concentré sur un dossier, et s'arrêter là, dans la pénombre. Le voir surpris, sans doute, et enfoncer le clou, le surprendre un peu plus. Ne pas le saluer, simplement passer une jambe entre les deux pans du manteau, lui faire comprendre qu'elle ne porte presque rien.

Marie Inkerman nous raconte cela sans fard, sans s'exhiber non plus. Elle nous explique. En vérité, elle se délecte de ces souvenirs, de ces quelques instants d'insouciance durant lesquels elle laissait l'excitation monter en elle. Elle s'en délecte car c'est à jamais enfui.

— J'ai demandé au chauffeur d'orienter le rétroviseur vers le toit. Je me suis contorsionnée sur la banquette arrière, j'ai enlevé mes habits, l'homme voulait se retourner mais je lui disais de se concentrer sur la route, s'amuse-t-elle.

Au terme de quelques efforts de souplesse, Marie Inkerman a refermé son manteau. Elle ne portait plus qu'une culotte, un soutien-gorge et ses escarpins. Elle avait surtout le sentiment qu'après la folie de ces six jours en France, ce qu'elle s'apprêtait à faire n'était quasiment rien. Surprendre son mari, le séduire. Le faire bander d'un seul regard.

Le chauffeur a pris le billet qu'elle lui tendait sans lever les yeux vers elle. Il a conservé la monnaie comme elle le lui a dit, et lui a souhaité une bonne soirée, en bégayant un peu. Marie Inkerman se sentait désirable, sûre d'elle et provocante. Elle a marché, ses talons perçant la neige, elle trouvait cela d'un érotisme fou. Quelques lumières brillaient çà et là à l'intérieur, son mari était présent. Aucune autre voiture que leurs deux Volvo ne se trouvait garée devant. Il était seul. Elle est entrée, faisant le moins de bruit possible, féline. Elle a progressé vers le salon éclairé par des lampes d'ambiance. Par les grandes baies vitrées, on voyait la neige qui tombait au-dehors. Il faisait bon, presque chaud. Sur la pointe des pieds, elle s'est dirigée vers la cuisine, de l'autre côté de l'escalier menant à l'étage. Personne. Elle est alors montée, s'imaginant son mari sous la douche, le rejoindre, et le voir écarquiller les yeux, elle n'en pouvait plus d'envie. Sur l'épaisse moquette blanche du palier, Marie Inkerman a songé à se mettre pieds nus, mais a jugé plus excitant de garder ses talons. Elle est revenue sur ses pas, progressant vers la chambre, où son mari se trouvait puisqu'il en sortait un rai de lumière, ainsi qu'un chuchotement.

— Il parlait, oui, nous dit-elle en serrant les dents. Il lui susurrait qu'il l'aimait, que la Norvège était un trop petit pays, qu'il lui suffirait d'hypothéquer tout ce qu'il possédait pour obtenir ce prêt, et partir la rejoindre.

Marie Inkerman a cru s'évanouir. Elle a failli reculer, sortir dans le froid et tenter d'oublier. Ou bien descendre, prendre un des fusils de chasse de son mari et revenir les tuer. Elle a failli faire tout cela mais elle a juste fait deux pas supplémentaires, son manteau s'entrebâillant. Son mari était étendu sur le lit, nu. Il était seul et se masturbait.

— Il lui chuchotait qu'il l'aimait, le téléphone collé à son oreille. J'ignore à qui il parlait, je ne le sais toujours pas.

Marie Inkerman nous confie l'humiliation ressentie, elle qui deux minutes plus tôt était au sommet de sa sensualité. Elle a fixé son mari sans y croire, sans saisir qu'il était déjà loin. En quelques secondes leur mariage a pris fin. Elle, presque nue, pathétique, et lui les yeux écarquillés, raccrochant aussitôt. Il a bondi du lit, plus triomphant de rien. Il aurait pu s'approcher d'elle et s'embourber dans un mensonge, elle aurait feint d'y croire. Tout était encore possible.

— « De toute façon, ça fait longtemps que c'est fini », a-t-il lâché.

Il y avait du mépris dans sa voix, presque de la haine.

— « Je m'ennuie avec toi. Je m'ennuie, ici. Alors voilà, tu as entendu. Je vais partir. J'ai une vie à vivre, ma chérie », a-t-il conclu. Cette légèreté, elle m'est rentrée dans le cœur. Elle s'y trouve encore. Je ne saurais pas vous dire quel mal elle m'a fait.

Elle s'interrompt. Ses yeux sont embués. Anna et moi n'osons pas lui répondre. Elle réprime un sanglot.

— Pardonnez-moi.

Anna veut lui dire que nous la comprenons, mais Marie Inkerman la coupe d'un geste de la main.

— Pardonnez-moi, répète-t-elle un ton plus haut. Je vous parle de tout cela, je vous raconte ma vie. C'est important. Mais je m'y suis mal prise, je ne vous ai pas exposé les choses dans le bon ordre, aveuglée par la douleur, ma petite vie, mes petits problèmes.

Elle est dure et je perçois en cette femme une violence contenue, une volonté sans faille.

— Je vous ai expliqué tout à l'heure que votre mère, un matin, avait entrepris de faire démolir la maison de bois norvégienne, et de faire bâtir ce château. Il y a un déclencheur à cela, à cette folie, à ce qui a déterminé le reste de sa vie, et aussi de la mienne.

Marie Inkerman a mis sa peine de côté. Autour de nous, pas un seul bruit, pas même un souffle.

— Au réveil, reprend-elle, votre mère a compris, elle l'a senti en elle. Cela faisait trois mois qu'elle était rentrée en Norvège. Cela faisait trois mois qu'elle vomissait, qu'elle était fatiguée. Ce matin-là, elle se sentait soudain bien, épanouie. Oui, c'est cela. À son retour de France, votre mère avait tout perdu, son mari, son enfant, mais elle n'était pas seule. Elle était enceinte.

61

Ce matin-là, ma mère s'est vue renaître. Il a suffi de quelques heures pour que tout se dessine, y compris sur son corps. En fin d'après-midi, elle avait paraît-il déjà pris des rondeurs. Surtout, l'avenir grondait à ses oreilles. Il lui fallait bouger, s'organiser, ranger. Reprendre en main sa vie, puisqu'elle était désormais deux. C'est ainsi que les travaux ont débuté, et l'on connaît la suite.

Ce que l'on apprend, c'est que la grossesse s'est déroulée jusqu'à son terme et sans le moindre incident. Sept ans et quelques jours après m'avoir mis au monde, Nicole Olsen a donné la vie à son second enfant, un petit garçon. Il a 41 ans. Il est norvégien. C'est mon frère.

J'ai un frère.

— Lui aussi a le visage de votre père. On pourrait presque vous confondre, tous les trois.

Elle nous montre quelques photos dans son téléphone. C'est à s'y méprendre. Seuls quelques détails nous distinguent. Peut-être n'a-t-il pas autant bu que moi dans sa vie, ou qu'il ne conduit pas de moto. Ou bien a-t-il tout simplement quelques années de moins. Sur une des images, il est au volant d'une vieille Jaguar. Nous partageons sans doute l'amour des vieilleries.

— Il s'appelle Oskar.

J'ai un frère. Combien de fois lui ai-je parlé, seul dans le noir ? Combien de frères ai-je eus quand j'étais en prison ? Quand j'étais sur la route, les mains crispées sur le guidon sans savoir où j'allais ? Combien de fois ai-je pensé à lui sans savoir qu'il existait, à trois mille kilomètres ? Il a grandi ici, dans le même décor que moi, il a eu le même tricycle, je l'ai vu en photo sur ce site d'urbex, il a peut-être eu les mêmes jouets. Je voudrais le serrer dans mes bras, lui dire que je suis désolé, même si je sais bien que je n'y suis pour rien, mais alors quoi ? M'en laver les mains ? Lui dire que je n'en ai rien à faire et qu'il n'existe pas, que j'ai vécu sans lui ? Tout ça m'est impossible, et les circonstances dans lesquelles mon petit frère a dû grandir me semblent soudain dramatiques. Comment pourrait-il en être autrement ? Comment grandit-on dans un décor pareil ? Comment fait-on pour exister ?

— Il ne s'en est pas si mal sorti, tempère Marie Inkerman.

Il a suivi de grandes études, il a passé brillamment deux masters à Harvard, parle cinq langues, dont le français. À son retour des États-Unis, il était numéro deux de l'empire Olsen, dont il est à la tête aujourd'hui, développant autant les affaires que le culte de sa personnalité.

— Avez-vous pris de l'essence ici ? demande Marie Inkerman.

— Oui.

— Probablement dans une station Olsen, il n'y en a quasiment plus d'autre. Cela vous a peut-être échappé mais son portrait s'y trouve. Oskar Olsen est en photo dans toutes les concessions, au-dessus de la caisse. Il trône…

Je comprends pourquoi le pompiste s'étonnait qu'Anna sorte sa carte, et m'avait salué ainsi. Il m'a pris pour lui, accompagné d'une amie, d'une employée, d'une maîtresse, que sais-je ? Je sens comme une grande ironie, peut-être pire que cela, dans le ton qu'adopte Marie Inkerman en nous parlant de lui. Elle le respecte tout autant qu'elle le déteste, en tout cas elle le connaît bien. Mon frère. Oskar Olsen.

Elle s'arrête.

— Je le connais bien, oui, reprend-elle en changeant brusquement de ton. Je vous ai dit que je m'appelais Marie Inkerman. Il s'agit de mon nom de jeune fille. Depuis seize ans, c'est Marie Olsen.

Elle regarde ailleurs.

— Je suis sa femme, lâche-t-elle avec dégoût.

62

Oskar Olsen me connaît sur le bout des doigts. Sa mère ne lui a parlé que de moi, sa vie durant. Elle lui répétait quel garçon sensible, drôle, intrépide, fin, généreux, doué, créatif, raisonné, quel incroyable petit homme j'étais. Quelles grandes choses j'aurais accomplies si je n'étais pas mort dans ce car.

« Tu lui ressembles tant, lui disait-elle. Tu es presque aussi beau. »

Comment ne pas devenir dingue ? Comment ne pas avoir envie de tout envoyer valser pour renaître à l'autre bout du monde ? Je ne connais pas Oskar Olsen, mais j'ai l'impression de pouvoir le comprendre. Marie Inkerman essaie de m'en empêcher.

— Combien de temps est-on le produit de son enfance, selon vous ? me demande-t-elle.

Il y a de l'agacement dans sa voix.

— Combien de temps peut-on mettre ses tares sur le compte de l'éducation que l'on a reçue ? Combien de temps l'excuse est-elle valable ? À 20 ans, cela passe. À 30 ans, cela devient déjà plus compliqué. Il est temps de prendre son autonomie. Mais à 40 ? Désolée, mais ça ne marche pas comme ça. On ne peut pas, toute sa vie, accuser nos parents d'avoir fait de nous des monstres.

— Des monstres ?

— Oui, des monstres. Oskar Olsen est un monstre. Il n'a d'empathie pour personne. C'est pour cette raison que je suis devenue si proche de votre mère : j'ai eu pitié. Oskar n'a jamais eu la moindre attention pour elle, il ne considère que l'argent qu'elle possède, la fortune qu'elle représente. Il ne lui a pas rendu visite une seule fois depuis deux ans.

Je pense à elle, seule, les cheveux blancs, dans un fauteuil, et je refrène un frisson. Marie Inkerman s'en rend compte, elle me rattrape au vol :

— C'est ce petit garçon triste qui se débat contre le monde des grands, qui vous émeut ? Ce petit animal blessé qui, de colère, a fait éventrer votre entrepôt, brûler votre maison, couler votre bateau et a failli vous abattre ?

Elle savoure son effet.

— Vous ignoriez qui était derrière tout cela ? demande-t-elle avec candeur. Je dis bien « derrière ». Il ne s'est bien sûr pas déplacé lui-même.

— Mais pourquoi ? Pourquoi un tel carnage ?

C'est Anna qui pose les questions, moi je ne parle plus, je fixe cette femme et sens sa rage.

— Pourquoi ? répète-t-elle. Vous vous demandez pourquoi Oskar Olsen a envoyé ces deux voyous chez vous ? Pour récupérer l'album photo avant que vous ne tombiez dessus. Ils ont découpé la porte blindée de votre entrepôt pour le fouiller. Cela leur a pris la nuit entière. Ils ont quitté les lieux bredouilles. Et en ont conclu que l'album se trouvait chez vous.

— Et pourquoi tout brûler ? Pourquoi tout détruire comme ça ?

— Initiative personnelle des deux idiots qu'il avait embauchés, suppose-t-elle. Dans le doute, tout faire disparaître.

Je pense à ce cadavre que j'ai vu à la morgue. Enterré je ne sais où en France sans qu'aucun de ses proches ne le sache. Personne ne l'a identifié nulle part, et pour cause.

— Je suis désolée, continue Marie Inkerman, je suis désolée de n'avoir pas pu empêcher cela. Mes hommes à moi sont arrivés trop tard.

Et face à notre étonnement, ou plutôt notre incompréhension, elle ajoute :

— Lorsque j'ai décidé de venir en France, j'ai su que j'allais y risquer ma vie, que mon mari prendrait cela comme une déclaration de guerre. J'ai recruté du monde afin d'assurer ma sécurité.

— Qui ?

— Peu importe. Trois hommes dont c'est le métier. J'ignore si la police vous l'a dit, mais le délinquant mort dans votre bateau...

Je la coupe et comprends :

— Avait deux balles différentes dans le corps, je dis. Une de la police, une de vos hommes...

— Oui. J'espère que c'est une des miennes qui l'a tué.

Ses hommes ont perdu la trace du deuxième. Le bateau a été retrouvé à Noisy-le-Grand, vide. Le mec a ensuite erré comme une bête traquée dans les rues de Paris, revenant à Montreuil dans l'espoir de m'anéantir, terminer sa mission et venger son binôme au passage. Marie Inkerman est au courant de chacun de nos déplacements, de nos adresses, de nos habitudes, jusqu'au nom du vin que nous avons bu à la guinguette. Ses trois hommes nous ont suivis partout.

— Ils m'ont moins protégée que vous, se justifie-t-elle. Quand j'ai appris que votre entrepôt avait été fracturé, je me suis aussitôt sentie coupable. Tout est ma faute.

Elle nous explique que ses hommes étaient toujours à quelques pas de nous. Les différents lieux publics où nous sommes passés défilent dans ma cervelle. Je nous revois dans le métro avec Laurie, ses sbires se mêlant à la foule sans nous perdre de vue, à la guinguette, à cette immense terrasse en pente sur les bords de la Marne, où ces trois hommes se trouvaient, à deux tables de nous. Elle nous raconte qu'ils circulaient dans Paris derrière la Mercedes quand nous sommes allés à Kerloch, et qu'il leur a fallu user de multiples ruses pour parvenir à nous suivre jusque là-bas sans éveiller notre attention. Nous revoyons notre bain de minuit en plein jour, tous les trois nus sous le ciel gris. Ils nous surveillaient avec leurs jumelles depuis la digue. Nous revoyons tous ces instants où nous n'avons rien soupçonné.

— Ils vous ont d'ailleurs évité une agression dans le métro, ajoute-t-elle. Vous rentriez de la guinguette, vous aviez un peu bu.

— Et ?

— Deux hommes vous suivaient, se préparaient visiblement à passer à l'action… Au détour d'un couloir, mes trois employés leur ont fait passer l'envie de s'en prendre à vous.

Tout cela a eu lieu, trois hommes en armes sur nos traces afin de nous protéger d'un autre, évaporé dans la nature, mais qui a finalement ressurgi avant-hier, deux rues derrière chez nous.

— Là, mes hommes ne l'ont pas manqué, assène Marie Inkerman.

Tout cela me dépasse. Je songe à Dagan, je me demande si je lui raconterai ce que nous sommes en train d'apprendre.

Anna ne perd pas le fil, insiste, gratte et pose une nouvelle question, la seule qui soit, en vérité :

— Pourquoi avez-vous apporté cet album photo au dépôt-vente ?

J'acquiesce.

Marie Inkerman se redresse dans son fauteuil, interloquée.

— Êtes-vous sérieux ? murmure-t-elle.

Un minuscule sourire apparaît sur ses lèvres.

Elle paraît fascinée.

63

Marie Inkerman a aimé Oskar Olsen. Elle en est tombée amoureuse il y a dix-sept ans sans savoir qui il était. Cet homme était beau, un peu arrogant, plutôt drôle. Surtout incroyablement séduisant. Leur rencontre a eu lieu dans une discothèque d'Oslo, Marie Inkerman y dansait avec quelques amis, tout comme Oskar Olsen. Les deux célibataires s'étaient retrouvés côte à côte au bar pour commander des verres, ne se quittant plus jusqu'à la fermeture des lieux, laissant leurs amis respectifs s'amuser sans eux.

— C'est ce qu'il y a de plus banal, non ? nous dit-elle. Un homme et une femme se rencontrent et se plaisent.

Ils se sont revus dès le lendemain, ont bu un thé dans le centre-ville. Quatre jours plus tard, elle l'invitait à dîner dans son deux-pièces, et Oskar Olsen lui offrait un bouquet de roses. Au moment où elle revenait de la cuisine avec le dessert dans un plat, elle le découvrait immobile et nu au milieu du salon, un air de défi sur le visage. Oskar Olsen était capable de cela, audacieux et vif. De surcroît, plutôt athlétique.

— Cela a duré quelques mois ainsi. Il travaillait dans le groupe Olsen. J'ignorais qu'il en était l'héritier le plus direct, même qu'il appartenait à cette famille. Quand il me l'a dévoilé, j'ai cru qu'il blaguait.

Rien, dans le comportement d'Oskar Olsen, ne trahissait l'ampleur de sa fortune. Il avait l'aisance des jeunes gens diplômés travaillant dans le commerce.

— J'ai compris quand il m'a amenée ici, dit-elle en montrant le château qui nous entoure.

Nicole Olsen l'a accueillie depuis le perron tandis qu'elle sortait de voiture.

— Elle portait une robe de chambre blanche qui traînait sur près d'un mètre derrière elle, avec un col en fourrure. On aurait dit une reine.

Elle lui souhaite la bienvenue, les yeux maquillés, une coupe de champagne à la main, déambule dans l'entrée, baisse le bruit des vagues afin de pouvoir parler moins fort, et Marie Inkerman est subjuguée par ce qu'elle voit, entend et hume.

— Oskar et moi nous sommes mariés l'année suivante. Cela demeure le plus beau jour de ma vie.

Oskar Olsen, en revanche, n'est pas resté le jeune homme simple et drôle qu'elle avait connu. Il a changé, se montrant plus dur, parfois colérique. Surtout, Oskar Olsen, à mesure qu'il gravissait les échelons de l'entreprise familiale, laissait éclater le mépris qu'il avait pour tout le monde, y compris pour ses proches. Il était désormais capable de quitter une table d'amis, de revenir vêtu de son manteau pour annoncer son départ quand une conversation l'ennuyait. Maintes fois, Marie Inkerman a dû quitter les dîners, devant des convives médusés.

— Bien sûr, il m'est arrivé de m'y opposer, de rester. Il partait alors seul et cela le mettait dans un état d'agressivité qui durait des jours. Il me faisait vivre un enfer. Alors quand il se levait ainsi, je le suivais.

Ce n'est qu'une manifestation parmi d'autres de son caractère épouvantable, peut-être même de sa pathologie. Oskar Olsen pouvait se révéler sadique, manipulateur et odieux. Je ne sais pas comment fonctionne un cerveau, quels ressorts se déclenchent ou non. Il paraît que les femmes battues croient souvent qu'elles le méritent. C'est aussi le cas des victimes de viol, il paraît qu'elles s'en veulent, qu'elles vivent ensuite dans la honte. J'écoute cette épouse vivant aux côtés du monstre qu'elle décrit. Elle restait. Elle est pourtant intelligente, jolie, elle a suivi de longues études, est capable de réfléchir. Mais rien de tout cela ne pesait contre l'emprise absolue qu'Oskar Olsen avait sur elle.

— Et puis je voulais le sauver, ajoute-t-elle. Là encore, c'est tout à fait banal.

Voilà le sens de la vie de cette femme, la mission qu'elle se donne. Elle fait de son mieux. Elle endure. Au quotidien, ça n'est pas toujours horrible, Oskar Olsen sait se montrer charmant, et sa femme y croit aussitôt. Il la tient comme une marionnette, régit ses humeurs, la fait s'animer pour mieux la mettre à genoux. Il la trompe, le lui dit presque en face, tout du moins ne fait rien pour s'en cacher. Un soir, sur la table de la cuisine, elle trouve la note d'une chambre d'hôtel louée dans l'après-midi. Un jour qu'il fait la liste des choses à acheter pour un déplacement professionnel qu'il effectuera seul, il parle à voix basse de préservatifs avant de se reprendre et de lui faire un clin d'œil. Parfois, il l'appelle par un autre prénom, elle s'insurge, il lui répond qu'elle n'a plus d'humour.

— Jusqu'à mon retour de France, tout se passait ainsi. Nous finissions toujours par nous retrouver. Mais pas cette fois-là.

Quand elle le trouve nu, se masturbant au téléphone, Marie Inkerman voit dans les yeux d'Oskar Olsen qu'il n'est plus en train de se distraire. Il lui crache que tout est faux entre eux depuis longtemps. D'ordinaire, il lui aurait susurré un « Je t'aime ». Pas là. Oskar Olsen parle de la fin, annonce qu'il va partir.

« Tu as bien entendu, a-t-il répété. Je vais vendre le groupe Olsen Ltd.

« — Et quoi ? Que veux-tu faire ? »

Marie Inkerman avait les larmes aux yeux.

« Je vais partir pour Los Angeles, a-t-il répondu. Je vais racheter des studios de cinéma. »

Il n'était plus violent ni pervers. Il était sincère.

« Toi, tu vas reprendre ta vie d'avant. Je te laisserai la maison », a-t-il ajouté.

— Et c'est là que tout a changé en moi. C'est en le regardant, nu, en voyant le temps qui était passé sur son corps depuis la première fois, dans le salon de mon petit deux-pièces. Des images de notre mariage ont défilé, et je l'ai vu partir, me laisser sur le bord de la route. Cela m'était insupportable, j'aurais voulu le voir mort. Mais ça n'aurait pas été assez. J'aurais voulu qu'il souffre autant que moi. En vous parlant de notre mariage, je vous ai dit que cela restait le plus beau jour de ma vie. C'est vrai. Même s'il constitue le symbole de mon plus grand renoncement. Oskar ne voulait pas d'enfants. Pour être sa femme, j'ai sacrifié mon désir d'être mère.

Ses lèvres bougent à peine.

— Et tout allait s'arrêter ainsi ? Toute cette abnégation pour rien ?

Elle relève le visage.

— Vous vous demandez toujours pourquoi je suis venue vous mettre cet album photo entre les mains ?

Nous ne répondons pas.

— Pour mettre à terre les projets d'Oskar, lâche-t-elle avec un air d'évidence. Vous êtes, autant que lui, l'héritier d'Olsen Ltd. Mathieu, votre existence divise par deux son héritage.

64

Oskar Olsen a trouvé quelque chose de changé chez sa femme. Il a vu naître sur ses traits l'envie de vengeance, la détermination. Il a commencé à se méfier d'elle.

— Mais un peu tard, précise-t-elle. J'ai eu le temps de me faire faire cette fausse carte d'identité française. Le premier nom qui me soit venu est celui que j'avais tant fixé sur mon téléphone en revenant de Lyon.

Oskar Olsen a engagé deux caïds d'Oslo pour la surveiller de près. Alors qu'elle se dirige vers l'aéroport, les gars appellent leur client, qui crie dans son téléphone :

« Prenez le même avion qu'elle ! »

Lui est en train de fouiller de fond en comble les affaires de sa femme. Le soir, il fouille l'historique de leurs ordinateurs, et finit par tomber nez à nez avec moi. Je suis assis sur la selle de la Triumph, au milieu du dépôt-vente. On entendrait presque le rire de Gary quand Marie Inkerman nous décrit la photo. C'est l'article du *Montreuillois*, celui grâce auquel le châtelain de Kerloch a pu nous identifier. Celui sur lequel était tombée Marie une fois rentrée chez elle.

Cette photo, Oskar Olsen la fixe puis comprend. Il marche dans la maison déserte, recolle les morceaux, entend sa mère parler de l'accident, de ce car écrasé ; il cherche, compile et désosse.

— Lui a saisi tout de suite quel écueil vous représentiez. Il a foncé à la maison de retraite, il est allé voir votre mère pour la première fois en deux ans. Vous savez ce qu'elle lui a demandé ?

Elle jubile.

— Elle lui a demandé où se trouvait l'album photo dont elle tournait les pages tous les jours. Elle le rangeait dans un placard lui servant à stocker des centaines de sachets de thé au jasmin pour être certaine de ne pas en manquer. Il avait disparu depuis la veille. Depuis que j'étais venue la voir. Il en a conclu que j'étais partie avec, que j'allais vous le montrer. Par chance, mon avion était complet. Les deux voyous qu'il avait embauchés ont dû prendre le vol suivant. Je suis arrivée en France huit heures avant eux. Le temps de sortir de ma valise le blouson que j'avais pris dans son armoire – c'est un cadeau que je lui avais fait –, ainsi que l'album photo, et de venir au dépôt-vente.

— Le temps de mettre notre vie en l'air, lance Anna.

Marie Inkerman se lève, agacée. Elle répète qu'elle a fait de son mieux pour nous protéger.

— J'ai dépensé une fortune pour assurer votre sécurité, clame-t-elle. J'ai fait cela pour votre bien.

— Vous avez fait tout ça *pour notre bien* ? Vous êtes malade. Vous cassez tout ce que vous touchez.

Je me tourne vers Anna.

— Viens, on s'en va. On rentre en France. Tant pis pour tout le reste. On part.

Anna se lève, hésite, tendue comme moi, mais elle écoute Marie Inkerman qui hausse le ton.

— Je vous ai protégés ! Vous vous rendiez bien à Bodø, tout au nord du pays, non ? C'est bien là-bas que vous alliez ? Votre Mercedes était signalée partout, dès votre montée sur le ferry ! Vous ne seriez jamais arrivés. Vous vous seriez fait abattre avant !

Elle crie à présent :

— Vous vouliez les réponses à vos questions ? C'est ici qu'elles se trouvent, et vous les avez !

— Non, je ne les ai pas, je réplique froidement. Il en manque une : que s'est-il passé dans la nuit du 6 au 7 août 1976 au manoir de Kerloch ?

Elle reste sans voix, désarmée.

— Vous ne le savez pas ? Alors je me fous de tout le reste. Je n'ai rien appris.

Et vers Anna :

— Tu viens ? On rentre ? On a une maison à reconstruire.

— Vous ne vous rendez pas compte, insiste Marie Inkerman. Vous restez bloqué sur votre petite maison, votre petite vie, vous ne vous rendez pas compte.

— Notre petite vie ?

— Oui, votre petite vie. Vous ne voyez que cela. L'héritage dont je vous parle est colossal. Je vous parle de plusieurs centaines de millions de couronnes !

— Mat.

C'est Anna qui l'interrompt. Elle dit « Mat », simplement cela, et je reconnais son ton, elle a eu le même ce matin en découvrant le type devant la Mercedes. Elle est pétrifiée. Il y a une voiture dehors. Je la prends par le bras, Marie Inkerman bondit à notre suite. Nous sommes collés au mur, de part et d'autre d'une fenêtre. La voiture s'arrête au milieu de la clairière, les portières s'ouvrent. Deux hommes en sortent. Le premier tire un revolver de sous son pull et glisse un chargeur dans la crosse. Le second met les mains dans ses poches, montre qu'il est le chef, il se veut détendu. Il se tourne vers nous, nous découvrons son visage.

Mon frère.

65

Marie Inkerman se met à parler fort en se palpant les poches et en sort son téléphone. Elle compose un numéro d'une main tremblante. Dehors, le voyou tient son arme en l'air, déjà victorieux. Il inspecte la façade. De l'autre côté de la voiture, mon frère est impassible. Ils regardent dans notre direction. Ils ne nous ont pas vus. Marie Inkerman répète cela en boucle, elle se raccroche à ça et se met à crier en jetant son portable par terre. Il se brise en plusieurs morceaux. Il n'y a pas de réseau. Nous sommes trois, retranchés dans ce manoir aux portes grandes ouvertes. Dehors, deux hommes armés veulent nous tuer.

Deux hommes dont mon frère, que je vois pour la première fois.

— Marie !

C'est lui qui hurle le prénom de sa femme. Elle est blanche, les mains à plat contre le mur, et respire fort. Anna et moi sommes de l'autre côté de la fenêtre, dans le même état. Ils ont vu la Saab en venant jusqu'ici. Au bord de la clairière, se trouve la voiture de Marie Inkerman, dont le voyou s'approche tandis qu'Oskar s'époumone :

— Marie !

Le jeune mec arrive autour de la Volvo, sort un couteau de sa poche. Il crève un premier pneu, la voiture s'ébranle, et les trois autres, il le fait méthodiquement et rejoint son patron.

— Marie !

Il y a une arme dans cette maison. Je le sais car, à Kerloch, les pompiers ont entendu plusieurs détonations pendant que les flammes dévoraient le manoir. Si ce château en est l'exacte réplique, un pistolet se trouve quelque part.

Dehors, les deux hommes approchent.

Nous n'aurons pas le temps de la trouver, de fouiller les placards. Nous courons vers l'escalier, Marie Inkerman vient avec nous.

— Marie !

La voix d'Oskar Olsen résonne dans le vestibule tandis que nous arrivons sur le palier du premier. Il doit entendre nos pas cogner contre le plancher. Il vocifère à nouveau :

— Marie !

Une longue phrase suit, que Marie Inkerman prend en plein dans les oreilles et qu'elle ne nous traduit pas. Face à nous, la porte grande ouverte de la chambre de mes parents. En bas, mon frère actionne la sono, beugle une phrase en norvégien, que le bruit des vagues absorbe. Le son monte, il le pousse à fond, les flots nous submergent. Les enceintes saturent. Au bruit des vagues se mêle un grésillement tonitruant, c'est insoutenable. Nous n'entendons plus rien que cette fureur, des oiseaux semblent tournoyer juste au-dessus de nos têtes. Tout au fond de ce vacarme, la voix d'Oskar qui hurle. Je bondis vers Anna et la prends avec moi quand je réalise qu'il gravit les marches. Le bruit couvre celui de ses talons sur l'escalier. Lui non plus ne peut pas nous entendre. J'ouvre une porte, tombe sur la crédence que je cherchais. Elle figure sur ce site d'urbex, elle est toujours là, intacte et monumentale. Je me place derrière elle et la pousse de toutes mes forces. Elle ripe péniblement sur le parquet. Anna pousse avec moi, sans savoir quelle idée je viens d'avoir. Marie Inkerman est immobile au milieu du palier, emmurée dans le bruit de la mer. J'ignore où se trouvent nos bourreaux, s'ils montent ou s'ils se sont arrêtés, sur quelle marche. Anna et moi parvenons à faire glisser l'armoire hors de la chambre. Elle est d'un poids fantastique. Bien qu'à bout de forces, nous n'arrêtons pas. Le meuble approche du haut de l'escalier. C'est notre seule chance. L'arrondi des marches cache le palier à la vue de celui qui monte. Il ne distingue l'étage qu'aux trois quarts des marches. Oskar Olsen et le voyou qui l'accompagne n'auront pas le temps de redescendre, ni d'éviter ce mastodonte leur tombant dessus. Je ne pense qu'à ça, les écraser sous ces trois cents kilos de chêne. On est prêts. Éreintés, plus forts que jamais. Je me risque à regarder l'escalier. Personne. Je fixe ces marches vides, je guette l'apparition d'Oskar et du tueur.

Quand je finis par croiser un regard, j'ai l'impression de laisser filer un temps infini avant de réagir. C'est Oskar. Nos yeux face à face, lui qui bondit en avant, et moi qui me retranche derrière la crédence et la pousse de toutes mes forces avec Anna. Je hurle. Nous n'entendons rien, tant la sono est forte. Le meuble bascule. Nous ne sentons plus nos bras, poussons encore, et l'armoire entière disparaît dans le vide, emportant tout sur son passage. Je tombe en arrière. Derrière nous, Marie Inkerman est horrifiée. Je me relève, je me penche vers les marches. L'armoire est bloquée dans le virage, en travers. Entre le mur et elle, coincé, le bras du voyou qui brandissait son arme tout à l'heure. Il est écrasé derrière, ou au moins évanoui sous la douleur. Je descends tout doucement. Et vois soudain surgir Oskar. Il est indemne.

Je cours en arrière, trébuche, tandis qu'il se faufile sous l'armoire. Un petit espace lui permet de passer. J'atteins le palier et Anna bondit vers une porte, elle l'ouvre, je m'engouffre avec elle dans ma chambre d'enfant. Partout, le bruit nous suit. Toutes les pièces de la maison comportent au moins une enceinte, qui diffuse cet assourdissant ressac. Rien n'a changé. Il y a ce papier peint à rayures, ce petit ourson à intervalles réguliers, là sur un tricycle, ici dans un avion. Il y a mon petit lit, et cette voiture à pédales en métal rouge. Je ne pensais pas revoir cela un jour. Encore moins face à un revolver. Celui d'Oskar, qui surgit. Il semble vide, et pourtant plein de haine. Bien sûr il me ressemble, nous avons lui et moi le visage de notre père, mais on dirait un masque. Je n'ai plus peur. Je ne vois qu'un petit garçon. Celui que j'ai été, aussi, tout autour. Nous sommes lui et moi dans cette chambre, j'ignore si ç'a été la sienne, ou juste une sorte de musée dans lequel venait se recueillir ma mère. Il n'y a pas un mouvement. Il tient son arme d'une main ferme. Il bouge les lèvres sans qu'aucun son ne nous parvienne. Alors, il s'approche, le bras tendu, le canon m'effleure sans que je bouge. Je l'observe. Il se remet à parler, cette fois en hurlant :

— Matelot ! Tu es immortel !

Il voudrait rire comme un dément mais ça ne fonctionne pas, il ne rit pas. Il a peur.

Le son cesse.

Le silence soudain nous fait sursauter ; lui aussi. Puis il revient à nous.

— Tu es immortel !

Il est calme, tout à coup, et ça le rend inquiétant. Il ne joue plus. Mon sang se glace.

— On ne veut rien, dit Anna. On ne demande rien.

Son corps et sa voix tremblent. À mon tour, j'ouvre la bouche, je m'apprête à dire que nous voulons seulement repartir, mais il ne m'en laisse pas le temps.

— Je sais, assène-t-il.

Il a un accent prononcé mais parle un français parfait. Il articule :

— Vous ne voulez pas de la fortune. Vous n'aimez pas l'argent, vous êtes au-dessus de ça.

Il sourit sans difficulté, à présent.

— Personne n'aime l'argent. Pourtant, tout le monde en veut.

Il va nous tuer. Il n'y a plus que de la froideur en lui depuis longtemps. Je ne le connaîtrai jamais. Je ne saurai jamais ce qu'il aimait quand il était petit, quel métier il rêvait de faire, s'il aime les voitures anglaises, le trombone à coulisse et les œufs à la coque. Il s'appelle Oskar Olsen, il a mes traits, c'est mon petit frère et il enfonce le canon de son arme dans mon ventre.

— Je n'ai *rien* à te dire, articule-t-il.

Il tire. Je m'écroule dans ma chambre d'enfant.

66

Il y avait bien une arme dans ce manoir à la dérive. Marie Inkerman savait où la trouver. Pendant qu'Oskar Olsen me tenait en respect, elle a descendu les marches en tremblant de peur, est passée sous l'armoire coincée entre les murs de l'escalier. Elle a croisé le regard du voyou bloqué derrière, le bras broyé, qui la suppliait de l'aider. Elle a foncé vers la niche où se tenait la sono, sa main cherchant vers le haut, car il était là, elle le savait, le pistolet. Elle s'est mise sur la pointe des pieds, a tâtonné dans la poussière et les toiles d'araignées et a senti la crosse, qu'elle a prise, arrachant le scotch au moment même où je ne sais quelle bête a couru le long de son bras, qu'elle a rabattu dans un geste de frayeur. Dans ce mouvement brusque, son coude a violemment heurté l'ampli, le choc le mettant en veille. Plus de vagues, plus de mouettes, plus que son souffle court et cet acier glacial dans sa paume. Elle est remontée, a vu le voyou de nouveau, qui luttait, est passée près de lui, et est enfin arrivée dans le dos de l'homme qu'elle avait tant aimé. Ils ont tiré en même temps. Lui, dans mon ventre. Elle, dans son épaule.

J'ai volé à travers la fenêtre derrière moi en perdant aussitôt connaissance, une chute fracassante de plusieurs mètres. L'océan de toile en plastique bleu a accueilli mon corps en sang. Là-haut, Oskar s'est écroulé de douleur au pied d'Anna qui a hurlé de terreur, en se recroquevillant dans un coin de la pièce. Marie Inkerman, elle, est arrivée dans ma chambre d'enfant, a braqué le canon de son arme sur le front de son époux. Elle a sans doute failli tirer, se tuer ensuite, ou bien tout incendier. Ses pensées ont été interrompues par le voyou coincé dans l'escalier sous le meuble, qui avait réussi à extirper son portable de sa poche. Son appareil, lui, captait le réseau. Souffrant le martyre, il appelait la police. Marie Inkerman a fait demi-tour, s'est ruée sur lui, arme au poing, et a constaté qu'il était prisonnier. Dans le même temps, Oskar s'est relevé, profitant de son absence, et a essayé de fuir, mais c'est Anna, cette fois, qui est devenue folle. Elle a bondi, a attrapé la voiture à pédales en métal posée près du lit, et l'a frappé en plein visage avec. Il s'est écroulé, les bras en croix.

Moi, j'étais quelques mètres plus bas. Mon sang se répandait sur l'eau sans s'y mélanger. J'étais immobile, amorphe. Mon cœur battait encore. Je respirais. J'étais en vie.

Tout cela, c'est Anna qui me le raconte en tenant ma main. Marie Inkerman est là, qui ne tient pas en place. J'ai les yeux bien ouverts, je ne souffre pas. Je n'ai pas senti la balle trouer ma peau, la brûler et se loger dans ma chair en perforant je ne sais quoi, je n'ai rien senti. Trop de douleur, sûrement. La police est arrivée dans le manoir et a découvert le carnage, ils ont aussitôt appelé des ambulances. On est dans l'une d'elles, dans le flash des gyrophares. Je ne sais pas à quoi on pense quand on est sur le point de mourir. Je ne vois pas ma vie défiler. J'écoute cette sirène en me disant qu'elle n'est pas française, ça n'est pas le même son qu'à Paris. Voilà à quoi je pense. Ça signifie peut-être que je ne suis pas en train de mourir. Anna me dit que je vais aller bien, elle me serre la main en me faisant presque mal, l'infirmier la rassure d'un geste du bras. Il lui fait signe de respirer, je crois. Je respire, moi, j'ai un masque de plastique sur la bouche. Oskar Olsen est dans une autre ambulance. Le voyou, dans une troisième. J'ignore si nous allons dans le même hôpital. Je me demande combien d'hôpitaux il y a dans ce pays. Voilà le genre de question qui me vient. Je pense à ma mère, à ce qu'elle a vécu, et la voix d'Anna me berce. Elle me dit que je viens du chaos et que c'est un miracle, que je suis l'homme de sa vie, que je suis sauf. Je ne comprends pas tout mais je crois qu'issu d'une famille pareille, je ne m'en sors pas si mal. Je voudrais lui demander. Je ne peux pas. Je reste comme ça, sans bouger. Elle est convaincue. Elle est formidable. Elle m'assure qu'il est temps, qu'on a mérité le bonheur qui nous guette. Je sais bien de quoi elle parle et je suis enfin d'accord, elle a 42 ans, moi 48, et nous n'avons jamais été plus jeunes qu'après avoir failli mourir. On va faire un enfant. Je vais attendre un peu, retrouver des forces, et ce sera la grande vie. Je l'aime. Anna, je t'aime. Peut-être qu'elle perçoit ce qui se passe en moi, elle prend ma main dans les siennes, l'embrasse, la pose sur son cœur. L'infirmier m'adresse un clin d'œil. Je ne pensais pas que ce genre de choses pouvait se produire. Pour le moment, c'est la panique. Plus tard, il va falloir tout expliquer. Ça sera long. Les assureurs de la maison sur l'île Sainte-Catherine ne nous croiront jamais. Marc Dagan non plus, dans son bureau du commissariat de Créteil. Mylène et Gary, je les entends d'ici. Ils vont aimer. Ils vont même en redemander. S'ils savaient que je suis en ce moment même en compagnie de celle qu'on a appelée Catherine Dourdan pendant des semaines, ils n'en reviendraient pas. Elle est là, en train de rafistoler son téléphone. Il fonctionne malgré l'état dans lequel elle l'a mis tout à l'heure. Oui, ça marche, puisqu'elle parvient à l'allumer, à faire je ne sais quoi avec. Elle écarquille soudain les yeux, pose l'appareil sur ses genoux dans un geste de détresse.

— Mon Dieu ! s'exclame-t-elle.

Elle s'effondre.

— Votre mère est morte la nuit dernière.

67

Revoir Paris. Retrouver les panneaux en français de Roissy-Charles de Gaulle, les taxis en surchauffe et les touristes égarés. Voilà ce dont je rêvais sur mon lit d'hôpital, tandis que les médecins se penchaient sur mon ventre en prononçant des mots insensés, qu'ils répétaient en anglais à Anna, et qu'elle me traduisait.

— Ils estiment que tu fais du chiqué, me disait-elle sans que les médecins la comprennent.

Un autre jour, sous leur nez :

— Ils disent que tu as une très belle bite.

Bref, ça allait. Je voulais rentrer, fuir cette histoire où les fantômes croisaient les tueurs à gages, où mon double était sanguinaire, où plus rien n'allait droit. Je désirais simplement rentrer en France, retrouver Raymond, ma tante, Mylène et Gary, Laurie, ma vie. Tirer un trait sur le reste.

Mais ça ne marche pas comme ça. On n'explique pas aussi simplement qu'un héritage de plusieurs millions m'indiffère, que je n'ai rien à voir avec tout cela. On ne dit pas ça. On le dit encore moins quand Anna vous tient la main en vous demandant si vous êtes devenu dingue.

— Tu sais bien que je m'en fous. Sinon je ne serais pas avec toi. Mais il faut prendre cet argent, Mathieu. Tout laisser à l'autre cinglé ?

L'autre cinglé était dans une chambre voisine, gardée par trois policiers. Son épaule pulvérisée par le tir de sa femme allait nécessiter la pose d'une prothèse, mais ça n'était pas grand-chose. Rien qui l'empêcherait d'assister à son procès pour une liste de chefs d'accusation s'allongeant d'heure en heure. La vie d'Oskar Olsen s'étalait dans tous les journaux du pays, les langues se déliaient du nord au sud. Le petit garçon blessé avait trempé dans toutes les magouilles qui soient, avait commandité au moins deux assassinats, dont celui d'un ancien ministre. Il avait en outre personnellement financé la construction du palais d'un mafieux d'Oslo. Le second enfant de ma mère était une belle ordure.

— Hein ? répétait Anna. Tout lui laisser ? C'est ce que tu veux ?

Du fait du statut de la famille et des méfaits d'Oskar, mon visage était désormais connu dans la Scandinavie entière. Ça contribuait à me rendre plus asocial encore. Les journalistes se pressaient à l'hôpital, enfilaient des blouses blanches pour tenter d'approcher, je n'en pouvais plus. Une des photos volées m'a montré alité, les yeux exorbités, la main tendue vers eux, le majeur bien en l'air. Laurie l'a fait encadrer, elle m'a envoyé un mail pour me le dire. Je l'imaginais hilare derrière son ordinateur, et cela me faisait mal au ventre mais aussi tellement de bien. Je voulais rentrer.

Au quotidien, des articles de journaux norvégiens retraçaient le parcours de Nicole Olsen. J'ai vu nombre de photos d'elle, dans je ne sais combien de magazines.

J'en ai une, découpée dans un journal, que j'ai glissée dans mon portefeuille. C'est à cela que je pense, à ce bout de papier, quand nous sortons du terminal à Roissy. L'incinération de ma mère s'est déroulée sans le moindre témoin selon ses dernières volontés.

68

C'est dans le salon de Mylène que cela va avoir lieu. Je veux rester à Paris, suivre le chantier de rénovation de la maison sur l'île et celui du bateau. Je sais que je retournerai en Norvège un jour, j'irai voir Bodø, je rendrai visite à mon frère au parloir, j'ai envie de le connaître. Pour le moment, il est trop tôt. Je veux être au plus près de notre vie qui se reconstruit. Et puis Anna n'aurait pas pu m'accompagner, les cours ont repris, et je veux être auprès d'elle. Depuis deux mois, nous faisons l'amour tous les jours.

Alors puisque j'ai décidé de ne pas quitter la France, cela va se dérouler à distance. Il paraît que c'est une pratique de plus en plus courante. Ma mère tenait à ce que cela se fasse trois mois après sa mort, afin qu'on ait pu écarter toute hypothèse d'un éventuel assassinat. Une précaution compréhensible, vu l'étendue de sa fortune et le pedigree de son fils, qui apprivoise en prison son épaule en plastique. Lui aussi sera présent, dans un coin de l'écran. Laurie est notre technicienne, elle a branché son ordinateur posé sur la table basse. Depuis trois mois, je me bats pour retrouver la simplicité des jours d'avant. C'est difficile. Je me bats pour parler d'autre chose avec Raymond quand nous allons ensemble boire un café dans son bar favori, toujours tenu par un Breton. Je me bats pour ne pas avoir mal quand je songe à mon frère, à ce que la vie fait de nous. Je me bats pour oublier à quelles folies l'argent mène. Je lutte du matin au soir et me targue d'accrocher quelques victoires à mon tableau, mais la loi est la loi, et un testament ne peut être ignoré, ne serait-ce que par respect pour la défunte.

Alors c'est ici, dans ce grand canapé, que je vais découvrir ce que Nicole Olsen a prévu de faire de sa fortune. L'écran s'allume, et Laurie se connecte. À l'autre bout de la fibre optique, plusieurs hommes en costume sont installés dans un vaste bureau. Ils fixent l'objectif et me saluent avec déférence. Tandis que je leur réponds, un nouveau cadre s'ouvre, qui vient se caler près de mon image en bas. C'est Oskar, entre deux policiers. Il est devant un ordinateur dans sa cellule. Il est gris. Anna frissonne en détournant les yeux. Laurie recule d'un pas. Moi, je le fixe. Qu'a-t-il gardé de son enfance, lui ?

— Messieurs, bonjour, lance un homme sur l'écran.

Il parle en norvégien, un autre traduit en français. Il explique comment va se dérouler la lecture. Devant lui, une grande enveloppe.

Des centaines de millions vont être répartis de je ne sais quelle façon, le vertige me gagne. Je réalise seulement maintenant que la moitié de tout cet argent s'apprête à tomber dans ma poche, et vois les engrenages s'emboîter. Mon ventre me fait mal, ça ne m'est pas arrivé depuis deux mois au moins, mais c'est là, à l'endroit de la balle. Mon frère demeure impassible.

Il attend sans doute que cet homme en complet noir, qui parle, au centre, prenne l'enveloppe en main. Ce dernier l'agite sous l'œil de la caméra. Il est concentré, appliqué. Oskar Olsen s'impatiente. Il est comme un lion en cage. Anna et moi sommes figés. Laurie s'est postée en retrait.

Le coupe-papier s'insère dans l'encoche, et d'un geste précis, l'homme ouvre le testament. Il jette un œil à l'intérieur, ne dissimule pas sa surprise. Les deux hommes à ses côtés ont un petit mouvement, se penchent, échangent un regard. Le type au centre y glisse alors sa main et en sort une simple feuille, qu'il tient à deux doigts. Il nous la montre. Pour nous, c'est illisible, nous voyons seulement qu'elle ne comporte qu'une adresse en haut, assortie d'une date et d'une large signature en bas. Entre les deux, ne se trouve qu'un court paragraphe.

Dans sa petite case, Oskar Olsen bondit sur son siège en objectant déjà je ne sais quoi. Les deux flics le font asseoir. Anna met la main sur ma cuisse.

Des mois de traque et de nuits sans sommeil depuis l'apparition de cet album photo dans ma vie. Des milliers de kilomètres et une balle dans le corps, pour ces quelques mots en bleu.

Le type s'éclaircit la voix, les yeux rivés sur la feuille et, avant d'en commencer la lecture, cherche le soutien de ses collègues. Il lit la première phrase, s'arrête ; le traducteur la dit en français. Je ne quitte pas mon frère des yeux, pendant que l'interprète nous livre les dernières volontés de notre mère quant à l'avenir de sa fortune :

Je voulais bousculer le monde et n'ai produit que de gentilles images. Un cliché peut modifier le cours d'une vie. Les miens n'ont rien changé nulle part. Je n'ai pas été la photographe que je voulais être. C'est là mon seul regret. En conséquence, je lègue la totalité de ma fortune au royaume de Norvège, afin que soit créée une fondation mondiale de la photographie.

69

Ma mère.

Ma mère était-elle folle ? A-t-elle été heureuse ? Je ne peux qu'écouter ce que Marie Inkerman continue de m'en dire. Elle est la personne qui l'a le mieux connue. Elle est celle en qui ma mère plaçait toute sa confiance puisque c'est à elle qu'elle a un jour confié une lettre. Sur l'enveloppe, il était écrit : « À n'ouvrir qu'après ma mort. »

Elle en a déduit qu'il valait mieux attendre quelques mois. Quand le testament a été lu, et son contenu étalé dans chacun des journaux de Scandinavie, Marie Inkerman a pensé qu'il était peut-être temps. Elle m'a appelé un matin, m'a averti de sa venue à Paris. Je n'étais pas prêt à la faire pénétrer chez nous, Anna non plus. Elle a compris. Nous nous sommes retrouvés au premier étage d'un restaurant.

Nous avons ouvert cette lettre ensemble. Ma mère, dans sa langue maternelle que Marie Inkerman nous traduisait en français, y fait le récit de cette terrible nuit de 1976, celle du 6 au 7 août, celle où tout a péri. Elle y décrit quel homme était mon père, peut-être talentueux, mais beaucoup trop oisif. Elle explique qu'il était incapable de finir une toile, qu'il laissait en chantier tout ce qu'il imaginait, que c'était un poseur. J'ai découvert ce portrait qui m'a fait mal pour lui, et pour elle, tout s'est terni d'un coup. Elle décrit quel poids mort ce jeune homme était en vérité et détaille les quantités d'alcool qu'il ingurgitait chaque jour. Elle ne se ménage pas non plus, elle aimait les excès autant que lui. Ses mots sont durs. Enfin, elle dévoile la violence dont mon père était capable. Ces phrases m'ont fait l'effet d'une torture. Elle a voulu le quitter plusieurs fois, il cassait alors tout ce qui lui passait sous la main. Je les connais, ces accès de colère et de haine. Je les ai combattus ma vie durant, je les combattrai toujours.

Lui ne luttait pas.

« Trop fainéant, là encore », écrit ma mère.

Mon père était un petit mec, voilà ce que je comprends. Ce petit mec, cependant, la terrorisait. Elle ne voyait aucune issue possible à leur union. Nous étions tous les trois, reclus dans ce manoir du bout du monde, ma mère allait avoir 30 ans, et sa vie n'offrait déjà plus la moindre perspective.

« Alors quoi, me morfondre en cachette ? Prendre ma part de responsabilité dans les coups qu'il me donnait ? Tenter de me consoler en me rendant chez le coiffeur ou dans de belles boutiques ? Faire profil bas, me taire ? »

Marie Inkerman n'a pu s'empêcher d'ajouter : « Se taire, ça non, ça n'était pas possible. »

« Dans la nuit du 6 au 7 août 1976, je l'ai tué. C'était absolument prémédité. J'étais parvenue à le convaincre d'envoyer notre petit garçon en colonie de vacances. C'est durant ces quinze jours en tête à tête que je devais agir, il n'y avait pas d'autre issue. Faire croire à un accident. Puis retrouver mon petit Matelot et partir ensemble en Norvège, où notre nouvelle vie nous attendait. »

Rien ne s'est déroulé comme prévu.

Mon père a pressenti qu'elle manigançait quelque chose, ne la quittait plus d'une semelle, repoussait le verre d'eau qu'elle lui tendait, échangeait leurs assiettes, fermait à clé derrière lui. Il invitait du monde, de vieux amis perdus de vue depuis des lustres, tentait de ne pas rester seul avec elle.

« Le temps filait. Les quinze jours allaient s'écouler sans qu'il ne se soit rien passé, j'allais me retrouver seule sous ses coups, loin de tous et de tout, mon petit Matelot pour témoin, mais aussi comme victime. »

Je sais.

Je le savais. Tout m'est revenu comme une gifle en entendant ces mots, j'ai senti ses mains sur mes joues, sa violence et mes cris et les pleurs de ma mère impuissante tandis que je ployais sous les coups de mon père.

« Le soir du drame, nous étions seuls. Sa sœur avait refusé son invitation à dîner. Nous avons mangé sans parler. Je ne pensais qu'à le tuer. Il a énormément bu. Il s'est soudain mis à crier, envoyant voler la vaisselle, m'a insultée, puis frappée. J'ai voulu courir vers le revolver que nous avions caché dans l'entrée, mais il m'a rattrapée, m'a plaquée sur la mosaïque tunisienne ornant l'entrée, nous nous sommes battus. Il a bien sûr eu le dessus. Il m'a violée à même le sol. »

Marie Inkerman a traduit phrase après phrase, tandis que nos mains malaxaient nos serviettes. Quarante-deux ans après, je saisis quelle ordure était mon père, lui dont j'avais oublié le pire, lui qui ne souriait sur aucun des clichés, lui que je prenais pour un artiste, et que j'aimais sans le connaître.

Après l'avoir violée, mon père s'est relevé et a déambulé, nu et hagard, autour du corps de ma mère recroquevillé sur le sol. Il buvait du vin au goulot, le recrachait sur elle, la maculant un peu plus, et riait le plus fort possible.

« Ce sont les pires heures que j'aie vécues, écrit-elle, elles m'ont hantée toute ma vie. Brisée, prête à me rompre, je me suis enfin levée. J'ai avancé, centimètre par centimètre, je n'étais plus que douleur, je suis parvenue à prendre une queue de billard, que j'ai serrée de toutes mes forces. Il m'a vue faire et a voulu foncer sur moi, mais il a trébuché. Tout ce que mon corps recelait encore de force s'est concentré dans mes deux bras meurtris et dans le mouvement que j'ai effectué tandis qu'il chutait vers moi : je l'ai atteint en plein crâne. Il s'est écroulé. Je l'ai frappé sans relâche, longtemps, hors d'haleine. J'étais une autre. Il est mort sous mes coups. »

Nicole Olsen a alors parcouru le manoir et a rassemblé des affaires qu'elle a fourrées dans un sac, qu'elle est ensuite allée mettre dans le coffre de la voiture. Il n'était plus possible de faire croire à un accident. Il fallait tout faire disparaître.

Tout incendier.

Elle a pénétré de nouveau dans le château, voyant une dernière fois le décor des plus belles et des plus abominables heures de sa vie. Tout allait s'envoler. Elle a versé ce qu'elle a trouvé d'inflammable par terre et sur les murs : du parfum, de la térébenthine, inondant leur lit de whisky, puis elle a crevé les toiles vierges de mon père, dont elle a éparpillé les débris comme des confettis. Elle s'est enfin plantée face au décor dévasté, au milieu duquel gisait le corps inerte de mon père. Son sang se répandait en une flaque qui se mélangerait bientôt aux différents alcools qu'elle avait déversés par terre. Elle n'a pas frémi, pas vacillé. Elle a gratté une allumette, qu'elle a jetée au hasard derrière elle, sans se soucier de l'endroit où elle tomberait.

« Je suis sortie et ne me suis retournée qu'une fois dehors, au centre de la clairière. Les flammes s'étiraient, gagnaient déjà les murs, les rideaux. On aurait dit un ouragan très lent. Mon ventre me faisait mal, mes oreilles bourdonnaient. J'ai titubé vers la voiture en me demandant quoi raconter, ce que j'allais devenir. Quand j'ai contourné le véhicule, tout s'est mis à valser. J'ai levé les yeux et vu les étoiles qui brillaient là-haut, c'était flou, j'ai senti la fumée qui tournait tout autour, j'ai entendu mes rires, ceux de Mat, et ceux de l'homme que je venais de tuer, et me suis demandé comment nous avions pu à ce point tout gâcher quand nous avions tant de chances au départ. Les larmes me sont montées, mes mains ripant contre la carrosserie. Je ne les ai pas senties couler le long de mes joues brûlantes, je me suis évanouie, là, dans l'herbe fraîche. »

Quand elle a repris connaissance, ma tante était à son chevet, et ne savait pas comment lui annoncer qu'elle était désormais seule sur terre, sans plus de mari, sans plus d'enfant.

Ma tante avait surtout compris que ma mère avait tué son frère, j'en suis certain. Ma tante s'est vengée d'elle en lui volant son fils. Je ne lui demanderai jamais quelle est la vérité.

Je roule à moto vers le lycée d'Anna, avec en tête l'image de ces deux amies de jeunesse devenues rivales avec le temps, puis ennemies, avec moi, le petit garçon, entre elles. Par-delà le combat qu'elles se sont mené, j'entrevois autre chose : la femme qui m'a mis au monde a tué de ses mains son oppresseur ; celle qui m'a élevé a sacrifié sa vie pour pouvoir faire mon bonheur.

J'accélère.

Combien de temps reste-t-on prisonnier de son enfance ? Marie Inkerman m'a posé la question quand nous étions dans le manoir en Norvège, et je n'ai toujours pas la réponse. Ce que je sais, c'est qu'on peut faire un choix entre ce que l'on conserve ou non.

Je suis le fruit de deux femmes fortes et libres. Je roule vers une troisième, et son ventre bientôt rond.

Je garde ça.

Achevé d'imprimer en France en février 2018
par Normandie Roto Impression s.a.s., 61250 Lonrai
N° d'impression : 1705210

Composition et mise en pages
Nord Compo à Villeneuve-d'Ascq

MIXTE
Papier issu de sources responsables
FSC® C003309
FSC www.fsc.org

Fleuve Éditions, une marque d'Univers Poche,
est un éditeur qui s'engage pour
la préservation de son environnement
et qui utilise du papier fabriqué à partir
de bois provenant de forêts gérées
de manière responsable.

Fleuve Éditions
12, avenue d'Italie
75627 Paris Cedex 13